STEFAN ZWEIG
AY IŞIĞI SOKAĞI

ÖZGÜN ADI
DIE MONDSCHEINGASSE

Bu kitap Kuzey Ren Vestfalya Kültür Vakfı Kunststiftung NRW tarafından desteklenmiş ve Europaeisches Übersetzerhaus Straelen'de çevrilmiştir.

SERTİFİKA NO: 40077

EDİTÖR
GAMZE VARIM

GÖRSEL YÖNETMEN
BİROL BAYRAM

DÜZELTİ
MEHMET CELEP

GRAFİK TASARIM VE UYGULAMA
TÜRKİYE İŞ BANKASI KÜLTÜR YAYINLARI

I. BASIM HAZİRAN 2017, İSTANBUL
14. BASIM ŞUBAT 2020, İSTANBUL

ISBN 978-605-295-072-2

BASKI: UMUT KAĞITÇILIK SANAYİ VE TİCARET LTD. ŞTİ.
Keresteciler Sitesi Fatih Caddesi Yüksek Sokak No: 11/1 Merter Güngören/İstanbul
Tel. (0212) 637 04 11 Sertifika No: 45162

TÜRKİYE İŞ BANKASI KÜLTÜR YAYINLARI
İstiklal Caddesi, Meşelik Sokak No: 2/4 Beyoğlu 34433 İstanbul
Tel. (0212) 252 39 91 Faks (0212) 252 39 95
www.iskultur.com.tr

ÇEVİREN: REGAİP MİNARECİ

1955 yılında İstanbul'da doğdu. Münih'te geçen lise ve üniversite yıllarının ardından 1977 yılında Hürriyet Grubu'nda çevirmen olarak çalışma hayatına atıldı. Hürriyet Dergi Grubu, Tercüman, Milliyet Dergi Grubu, Güneş Gazetesi ve Doğan Kitap'ta editör, yazıişleri müdürü, yayın yönetmeni ve yayın koordinatörü olarak uzun yıllar idari görevlerde bulundu. Önceleri gazeteciliğin yanı sıra sürdürdüğü edebiyat çevirmenliğine artık zamanının önemli bir bölümünü ayırarak devam ediyor.

Modern
Klasikler
Dizisi -98

Stefan Zweig

Ay Işığı Sokağı

Almanca aslından

çeviren: Regaip Minareci

TÜRKİYE İŞ BANKASI
Kültür Yayınları

İçindekiler

Ay Işığı Sokağı

Fırtına yüzünden geciken gemi Fransa'daki küçük liman kentine ancak akşam geç bir saatte yanaşabilmiş, Almanya'ya kalkan gece treni kaçmıştı. Böylece tanımadığım bir yerde hiç hesaba katmadığım bir gün geçirecektim; akşam ise dış mahallelerdeki bir eğlence yerinde kadınların çaldığı hüzünlü müziği dinlemek ya da rastgele yolumun kesiştiği yol arkadaşlarıyla tekdüze sohbetlere girmekten başka yapacağım cazip bir şey yoktu. Otelin küçük yemek salonunu dolduran hava bana dayanılmaz gelmişti; yağ kokuyordu, duman içindeydi, bir de denizin tertemiz soluğu tuzlu serinliğiyle hâlâ dudaklarımda olduğu için içerinin boğucu pisliğini iki misli hissediyordum. Böylece dışarı çıktım, aydınlık geniş caddede rastgele yürüyerek bir meydana geldim, burada halk muhafız bandosu çalıyordu; sonra ağır ağır taşarak akan insan selinin arasına karışıp yoluma devam ettim. Taşra kılıklı kayıtsız insanlardan bir araya gelmiş bu akıntıya kapılıp istem dışı sürüklenmek başta hoşuma gitse de yabancı insanların arasında dalgalanmaya, onların kesik kesik kahkahalarına, bana bakan şaşkın, yabancı ya da sırıtarak saldıran gözlerine, farkında olmadan beni ileriye doğru iten dokunuşlara, bu binlerce küçük kaynaktan yayılan ışığa ve yeri durmaksızın eşeleyen binlerce adıma bir süre sonra katlanamadım. Deniz yolculuğu sarsıntılı geçmişti ve kanım hâlâ başımı döndüren, hafiften sarhoş bir duyguyla kaynamaktaydı: Ayaklarımın altındaki zeminin hâlâ kayıp sallandığını, toprağın adeta soluk alırcasına hareket ettiğini ve caddenin göğe doğru havalandığını duyumsar gibiydim. Bunca gürültülü karmaşadan bir anda başım döndü ve kendimi kurtarmak için adına bile bakmadan bir yan sokağa saptım, oradan da anlamsız gürültünün ağır ağır kaybolduğu daha küçük bir sokağa girdim; sonra kılcal damarlar gibi dallara ayrılmış dar sokakların labirentine amaçsızca dalıp ilerledim; ana meydandan uzaklaştıkça bu dar sokaklar gitgide daha derin bir karanlığa gömülüyordu. Geniş bulvarların mehtabı olan dirsekli büyük elektrik lambaları yanmıyordu artık ve zayıf aydınlatmaların üstünden sonunda yıldızlar görünmüş, bulutlarla kaplı gökyüzü yeniden belirmeye başlamıştı.

Limanın yakınlarında, denizci mahallesinde olmalıydım, bayat balık kokusundan hissediyordum bunu; yosun ve çürüme karışımı tatlımsı güzel bir kokuydu bu, dalgalarla birlikte karaya vuran algler kokardı böyle; bir de kötü kokuların ve havalandırılmamış odaların kendine has buğusundan anlamıştım nerede olduğumu; şiddetli bir fırtına çıkıp, taze bir soluk getirene kadar bu boğucu kokular buralara sinerdi. Gizemli karanlık ve beklenmedik ıssızlık bana iyi gelmişti; adımlarımı yavaşlattım, biri diğerine benzemeyen dar sokakları birer birer inceledim. Sokaklardan kimi sakindi, kimi insanı çekiyordu, ama hepsi karanlıktı ve hepsinden kısık müzik ve insan sesleri geliyordu; görünmez bir yerden, tonozların bağrından esrarengiz bir şekilde kabarıp yükseliyordu sesler, öyle ki yeraltındaki kaynağın yerini anlamak olanaksızdı. Çünkü hepsi kendi içlerine kapanmıştı ve kırmızı ya da sarı bir ışıkla göz kırpıyordu yalnızca.

Yabancı kentlerdeki bu dar sokakları, bütün ihtirasların kirli çarşısını, yabancı ve tehlikeli denizlerde geçirdikleri yalnız gecelerden sonra bütün bedensel ihtiyaçlarını bir saatte karşılamak üzere buraya bir geceliğine gelen denizcilerin önüne her türlü baştan çıkarıcılığın gizlice yığılmasını seviyordum. Bu küçük yan sokaklar büyük kentin çukurluklarında yer bulup saklanmak zorundadır, çünkü içlerinde yüzlerce maske takmış kibar insanlar barındıran tertemiz camlı aydınlık evlerin neleri gizlediğini küstahça ve yılışıkça söyler onlar. Burada küçük evlerden yayılan müzik sesi insanı kışkırtıyor, sinema salonları parlak afişlerle umulmadık görkemler müjdeliyor, kapıların altına büzülmüş dört köşeli küçük ışıklar bildik bir selam eşliğinde çok açık bir davet için göz kırpıyor, bir kapının aralığından altın rengi payetler altında çıplak etler ışıldıyor. Kafelerden sarhoş naraları, kumarbazların tartışmaları yükseliyor. Denizciler burada karşılaştıklarında birbirlerine bakıp sırıtıyorlar, donuk bakışları onca vaatten parlıyor, çünkü burada her şey var; kadın ve kumar, içki ve gösteri, kirli ve büyük macera. Ancak bütün bunlar ikiyüzlülükle indirilmiş panjurların ardında çekinerek ama yine de kalleşçe örtülüyor, her şey yalnızca içeride kalıyor ve bu sözüm ona içedönüklük, gizlilik ve kolay ulaşılabilirlikten oluşan çifte baştan çıkarıcılıkla kışkırtıyor. Bu sokaklar Hamburg'da da, Kolombo'da, Havana'da da aynıdır; yine çeşitli yerlerdeki geniş lüks bulvarlar da böyledir, çünkü yaşamın zirvesi de dibi de aynı biçimdedir. Bu medeniyetten uzak sokaklar, dürtülerin hâlâ dizginlenmeden vahşice dışa vurulduğu, bedensel hazların kuralsız yaşandığı bir dünyanın son fantastik kalıntılarıdır, ihtirasların karanlık balta ormanlarıdır ve tümüyle dürtüleriyle davranan hayvanlarla doludur; açığa vurduklarıyla tahrik eder, gizledikleriyle kışkırtırlar. Düş kurdururlar insana.

İçinde kendimi ansızın tutsak hissettiğim sokak da böyleydi. Arkalarından sürükledikleri kılıçlarını eğri büğrü arnavutkaldırımı taşlarında takırdatan birkaç süvarinin rastgele peşine takılmıştım. Barın birinden kadınlar süvarilere seslendiler, güldüler ve arkalarından bağırarak kaba şakalar yaptılar; süvarilerden biri camı tıklattı, derken bir yerde biri sövdü, adamlar yollarına devam ettiler, kahkaha uzaklaşmaya başladı, sonra hiç seslerini duymadım. Sokak yine sessizliğe gömülmüştü, solgun mehtabın puslu ışığında birkaç pencere belli belirsiz ışıldıyordu. Durdum ve bu sessizliği soluğumla içime çektim, tuhaf gelmişti bana, çünkü ardında sır, şehvet ve tehlikenin uğultusu vardı. Bu sessizliğin sahte olduğunu ve bu sokağın kasvet dolu pususunun ardında dünyanın kokuşmuşluğuna dair bir şeyin yanıp söndüğünü açıkça duyumsuyordum. Ama öylece durdum, ilerlemedim ve boşluğa kulak verdim. Artık ne kenti ne sokağı hissediyordum, ne sokağın adını ne de kendi adımı; burada yabancı olduğumu, tanımadığım bir yerde her şeyden müthiş bir biçimde arınmış olarak durduğumu duyumsuyordum yalnızca; hiçbir amacım, mesajım, bağlantım olmadığı halde çevremdeki hüzünlü yaşamı derimin altından akan kanım kadar yoğun algılıyordum. Hiçbir şeyin benim için gerçekleşmediği, ama yine de her şeyin bana dahil olduğu duygusunu taşıyordum yalnızca; ilgisiz kalsam da, çok derin ve çok gerçek şeyler tadıyor olmak müthiş mutluluk veren bir duyguydu, ruhumun en canlı kaynağını oluşturur, tanımadığım yerlerde şehvet gibi üstüme çökerdi. Issız sokakta durup dikkat kesildim, mutlaka olması gereken bir şeyi, beni bir uyurgezer gibi boşluğa kulak verme duygusundan uzaklaştıracak o şeyi umutla beklerken, tam o sırada uzaktan ya da bir duvarın ardından gelen çok boğuk ve hüzünlü bir sesle bir yerlerde Almanca bir şarkı söylendiğini duydum, "Freischütz"ün* o tekdüze dizesiydi bu: "Schöner, grüner Jungfernkranz."** Bir kadın sesi söylüyordu, çok da kötü söylüyordu, ama ne de olsa bir Alman ezgisiydi, dünyanın bu uzak köşesinde Almanca okunduğuna göre bir şe-

---

* *Freischütz*, Alman besteci Carl Maria von Weber'in üç perdelik operası. (ç.n.)

** Güzel, yeşil gelin tacı. (ç.n.)

kilde tanıdıktı. Şarkının nereden geldiği belli değildi, ancak haftalardan sonra vatana dair ilk sözcükler olduğu için selam gibi algılamıştım. Benim dilimi acaba kim konuşuyor, diye düşündüm içimden; bir anı kimi derinlerinden sarsıp, bu bakımsız ücra sokakta bu zavallı şarkıyı ona yürekten söyletiyordu? Sesin geldiği yöne doğru ilerledim; indirilmiş panjurlarıyla yarı uykulu gibi duran, ancak içeridekileri ele verircesine ışıkların süzüldüğü, kiminden de birinin el salladığı evlerin önünden bir bir geçtim. Duvarlara göz alıcı yazılar, dikkat çekici afişler yapıştırılmıştı, bir köşeye sıkışmış bir bar biraların, viskilerin reklamını yapıyordu, ancak her yer kapalıydı, insan hem geri çevriliyor hem de davet ediliyordu. Ve bunların arasında –uzaklardan adım sesleri duyulurken– sürekli o ses geliyordu; nakaratı şimdi daha tiz bir sesle söylüyor ve gitgide yaklaşıyordu: Derken sesin geldiği evi buldum. Bir an duraksadıktan sonra beyaz tülleri sımsıkı kapatılmış iç kapıya doğru yürüdüm. Kararlı bir şekilde kapıya eğildiğim sırada, loş koridorda ansızın bir şey kıpırdadı, belli ki cama iyice yapışıp oraya pusu kurmuş biriydi bu, korkuyla irkildi, tepesindeki fenerin kırmızı ışığı yüzüne yayılsa da yaşadığı dehşetten rengi atmıştı; gözleri iri iri açılmış bir adam baktı bana, özür diler gibi bir şeyler mırıldandı, sonra sokağın karanlığında gözden kayboldu. Tuhaf bir selamlamaydı bu. Adamın arkasından baktım. Sokakta kaybolan gölgesinde ona ait bir şey kıpırdadı sanki, ama belli belirsizdi. O ses içeride hâlâ çınlıyordu ve bana daha da tizleşmiş gibi geliyordu. Cezbetmişti beni. Kapının kolunu bastırıp hızla içeri girdim.

Şarkının son sözcüğü bıçak gibi kesildi. Karşımda bir boşluk hissedip irkildim, düşmanca bir sessizlikti bu, sanki bir şeyi yıkıp parçalamıştım. Gözüm odaya yavaş yavaş alıştı, neredeyse bomboştu, bir tezgâh ve bir masa vardı içeride, belli ki yarı aralık kapıları, loş ışıkları ve hazır yataklarıyla asıl işlevlerini bir bakışta ortaya koyan arkadaki diğer odaların girişiydi burası. Bir kız masanın ön tarafına dirseklerini dayamıştı, boyalı ve yorgundu, gerideki tezgâhın arkasında iriyarı, kir pas içindeki meyhaneci kadın duruyordu, yanında da çirkin sayılmayacak başka bir kız vardı. Verdiğim selam odada sert bir şekilde yükseldi, epeyce sonra da bıkkın bir yankı gibi yanıt geldi. Boşluğa, böylesine gergin ve sıkıcı sessizliğe dalmış olmaktan rahatsızlık duydum, içimden oradan hemen çıkıp gitmek geldi, gelgelelim kötü durumuma bir bahane uyduramadım ve çaresiz ön masaya oturdum. Görevini anımsayan kız, ne içmek istediğimi sordu ve onun Alman olduğunu berbat Fransızcasından anladım. Bira ısmarladım, kız gitti ve gözkapaklarının ardından sönmekte olan ışıklar gibi parlayan sığ gözlerinden daha kayıtsız olan o gevşek yürüyüşüyle geri döndü. O tür mekânlarda âdet olduğu üzere benim kadehimin yanına mekanik bir hareketle kendisi için bir tane daha koydu. Kadehini bana kaldırırken boş bakışları üzerimden geçip gitti. Böylece onu inceleyebiliyordum. Aslında yüzü hâlâ güzeldi, hatları düzgündü, ancak içten gelen bir yorgunlukla maskelenmiş ve basitleşmişti sanki; her yeri sarkmıştı, gözkapakları ağırlaşmış, saçları seyrelmişti; kötü boyalardan leke leke olmuş, makyajı akmış yanakları gevşemeye başlamıştı; yanaklarından dudaklarına kadar uzanan derin çizgiler vardı. Elbisesini de özensizce geçirmişti sırtına; sigara ve biradan kalınlaşmış sesi bitkindi. Genel durumuna baktığımda yorgun, hiçbir şey hissetmeden alışkanlıktan yaşamayı sürdüren bir insan algılıyordum. Çekinerek ve korkarak ortaya bir soru attım. Yüzüme bakmadan kayıtsızca, dudaklarını neredeyse hiç oynatmadan, donuk bir ifadeyle yanıt verdi. İstenmediğimi hissettim. Arkamda meyhaneci kadın esnedi; öteki kız bir köşede oturmuş bize bakıyor, adeta onu çağırmamı bekliyordu. Aslında çekip gitmek istiyordum, ama her yanım kurşun gibiydi; bu yoğun, için için yanan havaya gömülmüştüm, tayfalar gibi oradan oraya sendeliyordum, merakın ve dehşetin boyunduruğu altındaydım; çünkü bu kayıtsızlığın insanı cezbeden bir yanı vardı.

Derken yanı başımda atılan tiz bir kahkaha beni korkuyla sıçrattı. Aynı anda alev de titredi ve arkamda birinin kapıyı açtığını hava akımından hissettim. Yanımdaki ses tiz ve alaylı bir tonda, "Yine mi geldin?" diye Almanca sordu. "Yine mi evin çevresinde dolanıp durdun, açgözlü seni! Hadi gel içeri, bir şey yapmam."

Hızla döndüm; geleni bedeninden ateş çıkarcasına çığırarak karşılayan kıza baktım önce, sonra kapıya. Kapı daha tamamen açılmadan titreyen şahsı tanıdım hemen, az önce kapıya adeta yapışmış halde duran bu insanı ürkek bakışlarından tanıdım. Elinde şapkasıyla bir dilenci gibi sinmişti; sert karşılanmanın ve kadının iri bedenini bir anda nöbet gibi sarsan kahkahasının etkisiyle titriyordu. Bu kahkahaya arkadaki tezgâhta duran meyhaneci kadının heyecanlı fısıltıları eşlik ediyordu.

Adam ürkek adımlarla ayağını sürüyerek yaklaşırken, "Şuraya, Françoise'ın yanına otur," diye buyurdu kız zavallıya. "Görüyorsun, müşterim var."

Bunları ona bağırarak Almanca söylemişti. Meyhaneci kadın ve kız hiçbir şey anlamadıkları halde kahkahalarla güldüler, müşteriyi tanıyor gibiydiler.

"Şampanya ver ona, Françoise, şu pahalısından, bir şişe!" diye gülerek karşıya bağırdı kız. Sonra yine alaylı bir ifadeyle adama dönüp, "Eğer pahalı gelirse, doğru dışarı çık, sefil pinti seni! Bilirim, beni bedavaya seyretmek istiyorsun, sen her şeyi bedavaya istiyorsun," dedi.

Uzun boylu şahıs bu berbat kahkahanın etkisiyle adeta eridi, kamburu çarpılıp yükseldi, sanki yüzünü köpekler gibi saklamak istedi, şişeye uzanırken eli titredi ve şarabı kadehe boşaltırken döktü. Sürekli yukarı, kadına yöneltmek istediği bakışlarını yerden kaldıramıyor, daireler çizerek fayanslarda gezdiriyordu. Bu bir deri bir kemik kalmış yüzü lambanın ışığında daha iyi görebiliyordum şimdi; yıpranmış ve solgundu, kemikli kafasındaki saçları ıslak ve seyrekti, kolları ve bacakları kırılmış gibi sallanıyordu, hiç gücü kalmamış bir zavallıydı, ama halinde yine de bir hainlik vardı. Her yanı çarpıktı ve yerinden oynamıştı, sinmişti; şimdi bir kez kaldırıp sonra korkuyla kaçırdığı bakışlarından hain bir ışık geçti.

"Aldırmayın ona!" diye bana Fransızca buyurdu kız ve beni savurmak istercesine sertçe kolumu tuttu. "Onunla aramızda eski bir meseledir bu, yani bugün çıkmadı." Sonra yine ısıracakmış gibi dişlerini göstererek adama dönüp, "Hadi dinle bakalım, kart düzenbaz," diye bağırdı. "Söylediklerimi duymak istiyorsun. Seninle gelmektense kendimi denize atacağımı söyledim."

Meyhaneci kadın ve öteki kız yine ağızlarını yayarak budalaca güldüler. Alışkın oldukları bir eğlenceye, her gün tekrarlanan bir kafa bulmaya benziyordu bu. Ama öteki kızın şimdi sahte yakınlıkla adama sokulduğunu ve tatlı sözlerle orasına burasına dokunduğunu, adamın bunlardan irkilmesine rağmen karşı koyma cesaretini gösteremediğini görmekten sarsıldım; adamın korkuyla sinmiş tedirgin bakışları benimkilerle karşılaşınca ürktüm. Ayrıca, gevşekliğinden kurtulup canlanmış ve elleri titreyecek kadar gözleri hainlikle yanıp sönen yanımdaki kadından iğreniyordum. Masanın üzerine para atıp gitmeye yeltendim, ama kadın parayı almadı.

"O köpek seni rahatsız ediyorsa, atarım dışarı. Defolup gider. Hadi gel, bir kadeh daha iç benimle."

Bana ansızın sözüm ona tutkulu bir samimiyetle sokuldu; ötekine acı vermek için rol yaptığını hemen anlamıştım. Kadın bir yandan da adama yan gözle hızlı bir bakış atıyordu ve kadının üzerimde yaptığı her hareketle birlikte adamın uzuvlarının kızgın demirle dağlanır gibi seğirdiğini görmek iğrençti. Kadını dikkate almadan gözlerimi yalnızca adama diktim ve içinin öfke, hiddet, kıskançlık ve şehvetle kabardığına, ama kadının başını çevirmesiyle birlikte hemen sindiğine tanık olunca ürperdim. Kadın bana şimdi iyice sokuldu; bu oyunun haince hazzıyla titreyen bedenini duyumsadım, adi pudra kokan boya içindeki yüzünden, yıpranmış etlerinin buharından tiksindim. Onu yüzümden uzaklaştırmak için uzanıp bir puro aldım, gözlerimle masanın üzerinde bir kibrit aradığım sırada kadın hemen adama, "Ateş getir buraya!" diye buyurdu.

Kadının bana hizmet ettirmek için yaptığı bu uygunsuz ve haince istekten adamdan daha çok rahatsız oldum ve ateş bulmak için hemen harekete geçtim. Ancak kadının sözlerinden kırbaç yemiş gibi olan adam yan yan attığı adımlarla sallanarak geldi ve masaya dokununca sanki eli yanacakmış gibi çakmağını hızla masanın üzerine bıraktı. Bakışlarımız bir an karşılaştı: Gözlerinde tarifsiz utanç ve şiddetli öfke vardı. İşte bu köle bakışı içimdeki insan yanıma, kardeş yanıma dokunmuştu. Kadının onu nasıl aşağıladığını duyumsuyor ve adamla birlikte ben de utanç duyuyordum.

"Çok teşekkür ederim," dedim Almanca –kadın irkildi–, "zahmet etmenize gerek yoktu." Sonra adama elimi uzattım. Adam duraksadı, epeyce duraksadı, ardından avucumda nemli, kemikli eller ve elimin ansızın kasılırcasına şükranla sıkıldığını hissettim. Adamın gözlerime daldırdığı gözleri bir an parladı, sonra yine kendini bırakmış gözkapaklarının ardına gizlendi. Kıza inat olsun diye adamı yanımıza oturmaya davet etmeye hazırlanıyordum ve davetkâr hareketlerim elime de yansımış olacak ki kadın adama hemen, "Git yerine otur ve rahatsız etme!" diye buyurdu.

İşte o an kadının iğrenç sesinden ve yaptığı bu işkenceden midem bulandı. Bu boğucu batakhanede, bu itici fahişenin, geri zekâlı adamın yanında, bunca kesif bira kokusu, duman ve ucuz parfümün içinde ne işim vardı? Açık havaya çıkmak için can atıyordum. Parayı kadına doğru ittim, ayağa kalktım ve kadın sırnaşarak yanıma gelince hızla arkamı döndüm. Bir insanın alçaltıldığı bu oyunun parçası olmak beni tiksindiriyordu; kararlılıkla karşı koyarak, kadının beni cinsel bakımdan tahrik edemediğini açıkça hissettiriyordum. Kadının kanı öfkeyle kabardı, dudağının kenarında hain bir çizgi oluştu, ama yine de ağzına gelen o sözcüğü söylemekten kaçındı; duyduğu kini gizlemeden hızla adama döndü; kendini olabilecek en kötü şeye hazırlamış olan adam ise kadının tehdidi yüzünden arkasından kovalanıyormuş gibi aceleyle elini cebine attı ve titreyen parmaklarla bir cüzdan çıkardı. Kadınla yalnız kalmaktan korkuyordu, her halinden belliydi bu ve cüzdanındaki düğümleri doğru düzgün çözemiyordu; köylülerin ve basit insanların kullandığı türden boncuklarla bezeli el örgüsü bir cüzdandı bu. Parasını çabucak harcamaya alışkın olmadığı kolayca anlaşılıyordu, oysa denizciler paralarını şıngır şıngır öten ceplerinden bir çırpıda çıkarıp masanın üzerine atarlardı; bu adamın parasını dikkatle sayıp, madeni paraları parmaklarının arasına sıkıştırarak tartmaya alışkın olduğu açıkça belliydi. "Sevgili tatlı paracıkları için nasıl da titriyor! Çok mu yavaş oldu? Bekle!" diye alay etti kadın ve bir adım yaklaştı. Adam ürkerek geriledi, kadın onun ürktüğünü görünce omuzlarını kaldırdı, bakışlarında tarifsiz bir tiksintiyle, "Senden bir şey almam, parana tüküreyim senin," dedi. "O kıymetli paracıklarının hepsinin sayılı olduğunu biliyorum, bir tanesini bile fazladan harcamamalısın. Hele şu," –kadın ansızın parmağıyla adamın göğsüne dokundu– "kimse çalmasın diye içine diktiğin kâğıt paracıklarını!"

Ve gerçekten de kriz geçiren bir kalp hastasının ansızın göğsüne yapışması gibi, adam titreyen solgun elini ceketinin belli yerindeki bir noktaya attı, elleri istemsiz olarak gizli yuvayı yokladı, ardından rahatlamış olarak düştü. "Pinti!" diye haykırdı kadın. O sırada işkenceye uğrayan adamın yüzü ansızın alev alev yanmaya başladı, cüzdanını hızlıca öteki kıza fırlattı; kız önce korkudan bir çığlık attı, ardından kahkahayı bastı, adam koşarak kızın önünden geçti, yangından kaçarcasına kapıdan çıkıp gitti.

Kadın kapıldığı büyük öfkenin ateşiyle bir an öylece dimdik durdu. Ardından gözkapakları yine düştü, gergin bedeni yorgunluktan gevşedi. Bir dakika içinde yaşlanmış ve bitkinleşmişti. Şimdi bana yönelttiği bakışları kuşku ve çaresizlikle gölgelenmişti. Utanç duygusu içinde sıkıntıyla ayılan bir sarhoş gibi öylece duruyordu. "Dışarıda parası için sızlanıp duracak, belki de polise koşup bizim çaldığımızı söyleyecek. Sonra yarın yine çıkıp gelecek. Ama bana sahip olamayacak. Herkes olsun, ama o olamayacak!"

Tezgâha gitti, paraları fırlattı ve bir çırpıda bir kadeh konyağı başına dikti. O hain ışığın yine yandığı gözleri öfke ve utanç gözyaşlarından buğulanmış gibiydi şimdi. Kadına duyduğum tiksinti acıma duygumu yok etmişti. "İyi akşamlar," deyip çıktım. "*Bonsoir*," dedi meyhaneci kadın. Hiç çevresine bakınmadan tiz ve alaycı bir kahkaha attı yalnızca.

Dışarı çıktığımda yalnızca geceden ve gökyüzünden oluşan sokak, boğucu ve bulutlu bir karanlığa bürünmüş, çok uzaklardan ayın pırıltısı yansımıştı. Ilık ama sağlam havayı içime çektikçe çektim, içimdeki dehşetin yerini yazgıların çeşitliliği karşısında duyduğum büyük şaşkınlık aldı ve her pencerenin ardında bir alınyazısının beklediğini, her kapının bir yaşantıya açıldığını hissettim yine – gözlerimi yaşartacak kadar beni mutlu eden bir duyguydu bu; bu dünyanın çeşitliliği her yerdeydi ve böceklerin ateşli parıltıyla çürümeleri gibi en sefil köşe bile önceden belirlenmiş olaylarla doluydu. O tiksindirici karşılaşma artık uzakta kalmıştı; gerginliğim çözülmüş, yerini yaşananları güzel bir düşe dönüştürmek isteyen tatlı bir yorgunluğa bırakmıştı. Bu karmakarışık iç içe geçmiş dar sokaklar arasından otelimin yolunu bulmak için ister istemez arayan gözlerle çevreme bakındım. Derken yanımda bir gölge belirdi, usulca yaklaşmış olmalıydı.

"Affedersiniz," dedi, –bu alçakgönüllü sesi hemen tanımıştım– "ama sanırım yönünüzü karıştırdınız. İzin verirseniz... yolu gösterebilir miyim size? Kaldığınız yer acaba..."

Otelimin adını söyledim.

"Size eşlik edeyim... tabii izin verirseniz," diye ekledi alçakgönüllü bir tavırla.

İçim yine dehşetle doldu. Yanımda sürünürcesine, hayalet gibi, neredeyse hiç duyulmadan atılan ama bana iyice yaklaşmış bu adımlar, denizciler sokağının karanlığı ve yaşadıklarımın anısı yerlerini değerlendiremediğim ve karşı koyamadığım karmakarışık bir duyguya bırakıyordu ağır ağır. Adama bakmadan gözlerindeki teslimiyeti ve dudaklarının seğirdiğini hissettim; benimle konuşmak istediğini anlamıştım, ama ne bunu zorlaştıracak ne de kolaylaştıracak bir şey yapıyordum, duygusal bir sersemlik içindeydim ve yüreğimdeki merak ve bedenimin uyuşukluğu kabararak birbirine karışmıştı. Adam birkaç kez hafifçe öksürdü, söylemek istedikleri boğazında düğümleniyordu sanki; ama ben kendimde o kadından gizemli bir şekilde bana geçmiş bir zalimlik hissediyor, adamın utançla ve ruhsal sıkıntıyla boğuşmasından adeta zevk alıyordum: Adama yardım etmiyor, aramızda kapkara ve ağır bir sessizliğin çökmesine göz yumuyordum. Bu pis dünyadan kaçmak için attığımız onun yaşlı bir adamınkiler gibi sürünen bitkin, benimse kasten güçlü ve sert adımlarımızın sesleri birbirine karışıyordu. Aramızdaki gerginliğin gitgide arttığını hissediyordum: Bu suskunluk, bütünüyle içten gelen tiz bir çığlıktı ve aşırı gerilmiş bir çalgı teli gibiydi ve sonunda –başta müthiş zorlanarak da olsa– tek bir sözcükle koptu.

"Siz... siz... bayım... orada tuhaf bir sahneye tanık oldunuz... kusura bakmayın... bu konuyu yeniden açtığım için kusura bakmayın... ama size tuhaf gelmiş olmalı... ve ben çok gülünçtüm... o kadın... çünkü o kadın..."

Yeniden sustu. Gırtlağını tıkayan kocaman bir şey vardı. Ardından sesi iyice alçaldı, fısıldayarak, "O kadın... o kadın benim karım," dedi. Şaşkınlıktan havaya sıçramış olmalıyım, çünkü adam özür dilemek istercesine aceleyle sürdürdü sözlerini: "Yani... karımdı... beş... dört yıl önce... memleketim Hessen, Geratzheim'da... onun hakkında kötü şeyler düşünmenizi istemem, bayım... Onun böyle olması benim suçum belki. Eskiden böyle biri değildi... Ben... azap çektirdim ona. Çok yoksul olmasına karşın aldım onu, sırtında elbisesi bile yoktu, hiçbir şeyi, hiçbir şeyi yoktu... bense zenginim... yani varlıklı... zengin değil... ya da eskiden öyleydim... hem biliyor musunuz, bayım... ben belki de , – o haklı– tutumluydum... ama eskiden öyleydim, bayım, o felaketten önce, şimdi buna lanet ediyorum... ama babam da annem de öyleydi, herkes öyleydi... ve ben her kuruş uğruna çok çalıştım... o rahat biriydi, güzel şeylere sahip olmayı severdi... ama yoksuldu, bunu yüzüne her fırsatta vurdum... Yapmamalıydım oysa, şimdi biliyorum bunu, bayım, çünkü gururludur o, çok gururludur... Onun kendini gösterdiği gibi biri olduğuna inanmayın sakın... yalan bu ve böyle yaparak kendi canını acıtıyor... sırf... sırf canımı yakmak, bana azap çektirmek için... bir de... bir de utandığı için... Belki de kötü biri olmuştur, ama ben... ben inanmıyorum... çünkü bayım, çok iyiydi o, çok iyi..."

Gözlerini sildi ve yaşadığı şiddetli heyecandan olduğu yerde durdu. Elimde olmadan yüzüne baktım ve gözüme bir anda gülünç görünmedi artık; hatta Almanya'da yalnızca toplumun alt sınıflarının benimsediği bu tuhaf ve edilgen "bayım" sözcüğünü bile duymuyordum artık. Konuşmak için gösterdiği içsel çaba bütünüyle yüzüne yansımıştı; yine güçlükle öne doğru sendelediğinde bakışları donup kaldı; gözlerini arnavutkaldırımlarından alamıyordu, kasılmış gırtlağından koparcasına çıkan sözleri titrek ışıkta kaldırımdan güçlükle okuyordu sanki.

"Evet, bayım," dedi derin bir soluk alarak; ardından ruhunun hassas bir dünyasından gelircesine bambaşka, tok bir sesle, "O çok iyi biriydi," dedi, "bana karşı da... Onu sefaletten kurtardığım için bana minnettardı... onun minnettar olduğunu ben de biliyordum... ama... ben... ben bunu duymak istiyordum... sürekli... sürekli... onun minnetini duymak bana iyi geliyordu... bayım, hissetmek, birinden daha iyi olduğumu hissetmek tarifsiz iyi geliyordu... hele aslında daha kötü biri olduğunu biliyorsa insan... onun minnetini sürekli duyabilmek için bütün paramı feda edebilirdim... o çok gururluydu ve benim o minneti duymayı talep ettiğimi anlayınca gitgide daha az dile getirir olmuştu... Bu yüzden... sırf bu yüzden bayım, onu hep yalvartıyordum... hiçbir şeyi kendiliğimden vermiyordum... her elbise, her kurdele için gelip yalvarması ruhumu okşuyordu... üç yıl boyunca böyle eziyet ettim ona, dozunu artırarak... ama bayım, onu çok sevdiğim için yapıyordum bunu... Gururuna bayılıyordum, ama bu gururu ezmeyi seviyordum, ah deliydim ben ve ne zaman bir şey istese, kızardım... ama aslında kızmıyordum, bayım... onu aşağılayabilmek için yakaladığım her fırsattan mutlu oluyordum, çünkü... çünkü onu ne çok sevdiğimi bilmiyordum..."

Yine sustu. Büsbütün sendeleyerek yürüyordu şimdi. Beni unutmuş gibiydi. Sesini gitgide yükselterek sanki uykudaymış gibi mekanik bir biçimde konuşuyordu:

"Bunu... bunu ancak o... o lanet olası gün anlamıştım... annesi için istediği parayı vermeyi reddetmiştim, oysa azıcık bir şeydi... yani, aslında hazırlamıştım parayı, ama bir kez daha gelmesini istemiştim... bana yalvarmasını... evet, ne diyordum?.. evet, o gün anlamıştım, akşam eve geldiğimde gittiğini görünce, masanın üzerinde yalnızca bir kâğıt parçası bulunca anlamıştım... 'Lanet olası paran senin olsun, senden artık hiçbir şey istemiyorum' ... Kâğıtta böyle yazılıydı, başka bir şey yoktu... Bayım, üç gün üç gece boyunca aklım başımdan gitti. Nehri ve ormanı didik didik arattım, polise yüzlerce banknot verdim... bütün komşulara koştum, ama hepsi de gülüp alay ettiler... Hiç, hiçbir şey bulunamadı... Sonunda başka köyden biri bana haber getirdi... görmüştü onu... trende, bir askerle birlikte... Berlin'e gidiyormuş... aynı gün trene atlayıp peşinden gittim... varımı yoğumu bıraktım... Binlerce kaybım oldu... uşaklarım, müdürüm, hepsi ama hepsi soydular beni... ama size yemin ederim, bayım, umurumda bile değildi... Berlin'de kaldım, o insan kalabalığında onu bulmam bir hafta sürdü... yanına gittim..." Güçlükle soluk alıyordu.

"Bayım, size yemin ederim... ağır bir söz söylemedim ona... ağladım... önünde diz çöktüm... para vermeyi teklif ettim... bütün servetimi yönetmesini söyledim, çünkü o gün biliyordum artık... onsuz yaşayamazdım. Saçının her teline âşığım onun... ağzına... bedenine, her şeyine, her şeyine... onu dışarı iten bendim sonuçta, yalnızca ben... Ben ansızın içeri girince benzi ölü gibi soldu... Hancı kadına rüşvet vermiştim, muhabbet tellalıydı kadın; kötü, bayağı bir kadındı... Karım duvardaki kireç gibi olmuştu... Beni dinledi. Bayım, sanırım... evet beni gördüğüne sanki sevinmiş gibiydi... ama ben sözü paradan açınca... oysa ben yalnızca, size yemin ederim, artık para düşünmediğimi göstermek için söz etmiştim bundan... işte o zaman tükürdü... sonra da... ben hâlâ oradan gitmek istemediğim için... âşığını çağırdı ve ikisi benimle alay ettiler... Ama, bayım, ben her gün tekrar tekrar gittim oraya. Evin sakinleri bana her şeyi anlatmıştı, hergelenin onu terk ettiğini ve darda olduğunu biliyordum, böylece bir kez daha gittim oraya... bir kez daha, bayım, ama bana çıkıştı ve gizlice masaya bıraktığım parayı yırttı; sonra bir kez daha gittiğimde artık orada yoktu... Yerini yeniden bulup çıkarmak için neler yapmadım ki bayım! Size yemin ederim, bir yıl boyunca yaşamadım, yalnızca iz sürdüm, ajanlar tuttum, ta ki Arjantin'de... şeyde... kötü bir evde..." Bir an duraksadı. Son sözcük hırıltı gibi çıkmıştı ağzından. Sonra sesi kalınlaştı.

"Çok korktum... önce... ama sonra anımsadım, onu dışarı iten bendim, yalnızca bendim... zavallının kim bilir ne kadar acı çektiğini düşündüm... çünkü her şeyden önce gururludur o... Avukatıma gittim, o da konsolosa mektup yazıp para gönderdi... karımın paranın kimden geldiğini öğrenmeden... yeter ki geri dönmesi için. Her şeyin yolunda gittiğine dair bir telgraf aldım... bineceği gemiyi öğrenmiştim... ve Amsterdam'da bekledim... sabırsızlıktan ölecek gibiydim, üç gün öncesinden gittim oraya... Sonunda o gün gelip çattı, ufukta geminin dumanını bile görünce mutlu oldum, gemi yaklaşıp demirleyinceye kadar bekleyemeyeceğimi düşünüyordum, öylesine yavaş geliyordu bana, sonra yolcular iskeleye ayak bastılar ve sonunda, sonunda o da göründü... Hemen tanıyamadım onu... değişmişti... boyalıydı... bir de şey... sizin onu gördüğünüz gibiydi... beklediğimi görünce... rengi attı... İki tayfa onu tutmasaydı iskeleden düşecekti... O karaya çıkar çıkmaz yanına gittim... bir şey söylemedim... boğazım tıkanmıştı... O da konuşmuyordu... yüzüme de bakmıyordu... Hamal bavulları taşıyor, biz de arkasından yürüyor, yürüyorduk... Derken ansızın durdu ve dedi ki... Bayım, öyle bir tarzda söylüyordu ki... içim yandı, çok hüzünlüydü... 'Hâlâ karın olmamı istiyor musun, bu halde de mi?'... Elini tuttum... Titriyor, ama konuşmuyordu. Ama her şeyin yoluna girdiğini hissediyordum... Bayım, nasıl mutluydum! Çevresinde çocuklar gibi zıpladım, onu odaya soktuktan sonra ayaklarına kapandım... Aptalca şeyler söylemiş olmalıyım... çünkü gözünde yaşlarla gülümsedi ve beni okşadı... ürkek ürkek tabii... ama, bayım... bilseniz bana nasıl iyi geldi... yüreğim eridi. Merdivenleri çıkıp indim, otelde bir akşam yemeği ısmarladım... düğün yemeğimizdi bu... giyinmesi için ona yardım ettim... aşağı indik, yemeğimizi yiyip içkimizi içtik, keyfimiz yerindeydi... o çok neşeliydi, bir çocuk kadar iyi ve sıcacıktı, evimizden söz etti... alacağımız yeni eşyalarımızı konuştuk... Derken..." Adamın sesi ansızın boğuklaştı, eliyle birini parçalamak ister gibi bir hareket yaptı. "Orada bir garson vardı... kötü, adi bir insan... yerimde duramadığım, dans ettiğim ve gülmekten katıldığım için beni sarhoş sandı... oysa çok mutluydum ben... hem de nasıl mutlu, derken... hesabı öderken para üstünü bana yirmi frank eksik verdi... Adama çıkıştım ve kalanını istedim... adam mahcup olup parayı masaya koydu... O sırada... karım o sırada kulakları tırmalarcasına gülmeye başladı... Gözlerimi ona diktim, ama karşımdaki bambaşka bir yüzdü... bir anda alaycı, sert ve hain olmuştu... 'Hâlâ kılı kırk yarıyorsun... evlendiğimiz günde bile!' dedi buz gibi, keskin... acıyan bir sesle. İrkildim ve titizliğime lanet ettim... yine gülebilmek için uğraştım... ama onun neşesi uçup gitmişti... ölmüştü... Ayrı bir oda istedi... isteğini nasıl yerine getirmezdim... O gece yalnız yattım ve ona ertesi sabah ne alacağımı... ona ne armağan edeceğimi... cimri olmadığımı, hele ona karşı artık asla olmayacağımı nasıl kanıtlayacağımı düşündüm yalnızca. Ertesi sabah dışarı çıkıp ona bir bilezik aldım, saat çok erkendi, odasına girdiğimde... oda... oda boştu... vaktiyle olduğu gibi. Biliyordum, masanın üzerinde bir kâğıt olacaktı... kaçtım ve bunun gerçek olmaması için Tanrı'ya yalvardım... ama... ama... kâğıt oradaydı işte... Ve üzerinde..." Duraksadı. İster istemez durup adama baktım. Boynunu eğdi, sonra kısık bir sesle fısıldadı:

"Üzerinde... 'Beni rahat bırak. Senden tiksiniyorum,' yazılıydı."

Limana varmıştık; yanı başımızda sahile vuran dalgaların küskün soluğu, aramızdaki sessizliğin içine çağlamıştı ansızın. Gemiler, gözlerini kırpıştıran kocaman kara hayvanlar gibi dizilmişti, kimi uzakta kimi yakındaydı ve bir yerlerden şarkı sesi geliyordu. Hiçbir şey açıkça seçilemiyor ama çok şey hissedilebiliyordu, müthiş bir uyku ve güçlü bir kentin ağır bir düşüydü bu.

Yanımda bu insanın gölgesini duyumsuyordum; ayaklarımın dibinde hayalet gibi seğiriyor, derken akıp dağılıyor, çok geçmeden sokak lambalarının gezinen donuk ışığında sürünerek birleşiyordu. İçimden konuşmak gelmiyordu, teselli etmek istemiyordum, soracak sorum da yoktu; ancak adamın suskunluğu üzerime yapışıp kalmıştı, yük gibiydi, boğucuydu. O sırada bir anda titreyerek koluma yapıştı.

"Ama onu almadan gitmem buradan... Aylar sonra buldum onu... Bana işkence ediyor, ama ben yılmayacağım... yalvarırım bayım, konuşun onunla... O benim olmalı, söyleyin bunu ona... beni dinlemiyor... Artık böyle yaşayamam... Erkekleri yanına almasını görmeye dayanamıyorum... adamların aşağıya inmesini kapı önünde beklemeye de... gülerek ve sarhoş iniyorlar aşağıya... Beni bütün sokak tanıyor artık... beni beklerken görünce gülüyorlar... çıldırtıyor bu beni... ama yine de her akşam dikiliyorum oraya... Bayım, yalvarıyorum size... konuşun onunla... sizi tanımıyorum ama Tanrı'nın merhameti için yapın bunu... konuşun onunla..."

Farkında olmadan kolumu kurtarmak istedim, dehşete kapılmıştım. Ama felaketine direndiğimi hisseder hissetmez yolun ortasında diz çöküp ayaklarıma sarıldı.

"Yalvarırım, bayım... Onunla konuşmalısınız... yapmalısınız bunu... yoksa... yoksa korkunç bir şey olacak... Bütün paramı onu ararken tükettim, bırakmam onu burada... canlı olarak bırakmam... Bir bıçak satın aldım... Bıçağım var bayım... Onu burada bırakmam artık... canlı olarak bırakmam... dayanamıyorum... Konuşun onunla, bayım..."

Önümde çılgınlar gibi yuvarlanıp duruyordu. O sırada yoldan iki polis bize doğru geldi. Adamı zorla tutup kaldırdım. Yüzüme bir an şaşkınlıkla dik dik baktı. Sonra hiç tanımadığım kupkuru bir sesle, "Şu sokağa sapın, otelinizin önüne çıkacaksınız," dedi. Gözlerime bir kez daha diktiği gözlerinin gözbebekleri erimiş, korkunç bir beyazlığa ve boşluğa dönüşmüş gibiydi. Sonra gözden kayboldu.

Paltoma sarındım. Soğuktan titriyordum. Tek hissettiğim yorgunluktu, belirsiz bir sarhoşluk, duygusuz ve simsiyah, değişken ve erguvani bir uyku. Biraz düşünmek, her şeyi aklımdan geçirmek istiyordum, ancak o kara uyku dalgası içimde kabarıp beni sürüklüyordu. El yordamıyla otelimi buldum, kendimi yatağa attım ve hayvanlar gibi ağır bir uykuya daldım.

Bütün bunlardan ne kadarının düş ne kadarının gerçek olduğunu ertesi sabah bilmiyordum; içimden bir şey bunu anlamamı engelliyordu. Geç uyanmıştım, yabancı bir kentte yabancıydım; antik çağlardan kalma mozaikleriyle çok ünlü olduğu söylenen bir kiliseyi görmeye gittim. Gelgelelim kiliseye boş gözlerle bakıyordum, bir gece önce yaşananlar gözümün önünde gitgide daha netleşiyor ve hiçbir dirence takılmadan beni alıp götürüyordu, sokağı ve evi arıyordum. Ama bu tuhaf sokaklar yalnızca geceleri yaşarlar, gündüzleri boz rengi soğuk maskeler takınırlar ve bu maskelerinin altından onları yalnızca bilenler tanır. Sokağı ne kadar arasam bulamıyordum. Bitkin ve düş kırıklığı içinde otelime döndüm, ama sanrının ya da anıların fotoğrafları peşimi bırakmıyordu.

Trenim akşam dokuzda kalkıyordu. Kentten üzülerek ayrılıyordum. Bir hamal bavulumu alıp önümden istasyona doğru taşımaya başladı. Ansızın, bir dörtyol ağzında sarsılarak döndüm; o evin olduğu yan sokağı tanımıştım; hamaldan beklemesini istedim ve adam önce şaşırıp sonra küstahça bir samimiyetle gülerken, macera sokağına son bir kez daha göz atmak üzere yürüdüm.

Sokak karanlıktı, tıpkı bir akşam önce olduğu gibi karanlıktı ve o evin kapı camının ayın donuk ışığında parladığını gördüm. Bir kez daha yaklaşmak istediğim sırada karanlıkta hışırtıyla bir siluet belirdi. Onu tanıyınca ürperdim;

eşikte oturmuş eliyle yaklaşmamı işaret ediyordu. Ama içimi bir korku kapladı, hızla kaçtım; buraya takılır ve trenimi kaçırırım diye yüreksiz bir korkuya kapılıp kaçtım.

Ama sonra, köşeyi dönmeden bir kez daha arkama baktım. Bakışımı fark edince bir hamle yaptı adam, gücünü toplayıp ayağa kalktı ve kapıya doğru atıldı. Kapıyı sertçe açarken elinde bir metal yanıp sönüyordu; ay ışığında parmaklarının arasında haince parlayan şeyin para mı, yoksa bıçak mı olduğunu uzaktan seçemiyordum...

Leporella

Kütükteki adı Crescentia Anna Aloisia Finkenhuber'di, otuz dokuz yaşındaydı, Zillertal'in küçük bir dağ köyünde evlilik dışı dünyaya gelmişti. Hizmetçi kayıt defterinin "Özel alametler" hanesine "yok" anlamında yatay bir çizgi çekilmişti; gelgelelim memurun karakteristik tasvirler yapma zorunluluğu bulunsa, başını şöyle bir kaldırması, oraya mutlaka şu notu düşmesi için yeterli olurdu: Çalışmaktan tükenmiş, iri kemikli, sıska bir dağ atına benziyor. Kadının iyice sarkan altdudağının ifadesinde, oval biçimdeki hem uzun hem de keskin güneş yanığı yüzünde, kirpiksiz gözlerinin donuk bakışlarında, özellikle de keçeleşmiş, gür, yağdan alnına yapışmış saç tutamında açıkça atları anımsatan bir yan vardı. Yürüyüşünde de hırçınlık, Alp Dağları beygirlerinin katır inadı öne çıkıyordu; bu hayvanlar yaz kış demeden aynı tahta sırtlıkları aynı seken adımlarla taşlı dik patikalarda homurdanarak bir aşağı bir yukarı taşırdı. Crescenz işini bitirir bitirmez kemikli ellerini gevşekçe kavuşturur, dirseklerini yaslar, tıpkı hayvanların ahırda ayakta dikilirken yaptıkları gibi bütün duyuları uyuşmuş halde uyuklardı. Her şeyi sert, tahta gibi ve zordu. Düşünürken yorulur, yavaş kavrardı: Her yeni düşünce, zor geçiren bir elekten damla damla akarcasına zihninin derinlerine ulaşırdı, ama yeni bir şeyi sonunda içine çektiyse, bunu inatla bırakmaz sımsıkı tutardı. Ne gazete, ne dua kitabı, hiçbir şey okumazdı; yazı yazmakta çok zorlanırdı, yemek tarifleri defterindeki eğri büğrü harfler tuhaf bir şekilde onun kütük gibi, her yerinden sivri bir şeylerin fırladığı, kadınsı hatlardan nasibini hiç alamamış bedenini çağrıştırırdı. Kemikleri, alnı, kalçası ve elleri gibi sesi de kalındı, çıkardığı Tirol bölgesine özgü kalın gırtlak seslerine karşın sesi paslı gibi gıcırdardı her zaman – ancak bunda şaşılacak bir şey yoktu, çünkü Crescenz kimseyle gereğinden fazla konuşmazdı. Onun güldüğünü de gören olmamıştı; bu konuda da hayvanlara benzerdi, çünkü konuşma yeteneğini kaybetmekten daha korkunç bir şey vardı belki, duygunun mutlu ve özgür bir biçimde dışa vurumu olan gülmek, Tanrı'nın bilinçsiz canlılarından esirgenmişti.

Evlilik dışı bir çocuk olarak beldenin sırtından büyütülmüş, henüz on iki yaşındayken hizmetçilik işine verilmişti, sonraları bir handa temizlikçilik yapmıştı, inatçı ve sağlam çalışma azmiyle kendini gösterdikten sonra meyhanesi arabacıların uğrak yeri olan bu yerden kurtulup bir turist lokantasında aşçılığa yükselmişti. Crescenz orada sabahın beşinde kalkar, gece yarılarına kadar çalışır, silip süpürür, ocağı yakar, yerleri fırçalar, ortalığı toplar, yemek pişirir, hamur yoğurur, ovalar, ütü yapar, çamaşır yıkar, halı döverdi. Asla izin istemez, kiliseye gitmek dışında sokağa ayak basmazdı: Ocağın o yuvarlak harlı ateşi onun güneşi, yıllar içinde kestiği binlerce ama binlerce odun da ormanıydı.

Erkekler onu rahatsız etmezdi; çünkü çeyrek yüzyıldır ağır koşullarda çalışırken dişiliğe dair hiçbir şeyi kalmamıştı ya da her türlü yaklaşımı inatla ve ağzını bile açmadan geri püskürtürdü. Onu mutlu eden tek şey, köylülere ve basit insanlara özgü istifçilik dürtüsüyle biriktirdiği nakit parasıydı, yaşlandığında düşkünler yurduna düşüp bir kez daha beldenin acı lokmasını gırtlağından geçirmek istemiyordu.

Bu yabani insan, anayurdu Tirol'ü sırf para uğruna otuz yedi yaşında ilk kez terk etmişti. Bir sayfiye yerinde sabahtan gece yarısına kadar çılgınca çalıştığını gören simsar bir kadın, iki katı ücret vaadiyle Viyana'ya gelmesi için kandırmıştı. Crescenz tren yolculuğu süresince kimseye tek söz etmedi, içine varını yoğunu koyduğu ağır hasır sepeti sızlamaya başlayan dizlerinin üzerine enlemesine yatırdı ve öteki yolcuların sepetini file bagaj rafına kaldırmak için yaptıkları dostça öneriyi geri çevirdi, çünkü eğitimsiz köylü aklının büyük kent kavramıyla bağdaştırdığı tek düşünce, dolandırıcılık ve hırsızlıktı. Viyana'daki ilk günlerinde pazara giderken birilerinin ona eşlik etmesi gerekmişti, çünkü arabalardan, ineğin otomobilden korktuğu gibi korkuyordu. Ama pazara giden dört sokağı belledikten sonra artık kimseye ihtiyacı kalmamıştı, sepetini koluna takıyor, bakışlarını yerden kaldırmadan evin kapısından tezgâha gidiyor ve eve dönüyordu; yeni ocağını tıpkı eskisi gibi siliyor, yakıyor, temizliyor ve hiçbir fark hissetmiyordu. Köyde yaptığı gibi saat dokuzda yatıyor, hayvanlar gibi ağzı açık uyuyor, sabahleyin çalar saatin gürültüsüyle uyanıyordu. Mutlu olup olmadığını kimse bilmiyordu, belki kendi bile bilmiyordu, çünkü kimseyle görüşmüyor, emirlere ya boğuk bir "Olur, olur"la ya da kafası bozulmuşsa omuzlarını inatla silkerek karşılık veriyordu. Komşuları ve evdeki hizmetçileri görmezden geliyordu: Hafifmeşrep iş arkadaşlarının alaycı bakışları umursamazlığının ruhsuz derisinden su gibi akıp gidiyordu. Yalnızca bir keresinde, kızlardan biri onun Tirol lehçesini taklit edip, suskunluğunu bozmayan bu kadına takılmaktan vazgeçmeyince, Crescenz yanmakta olan bir odunu ocaktan ansızın kaptığı gibi dehşet içinde bağıran kızın üzerine yürümüştü. O günden sonra herkes bu öfkeli kadından çekindi ve kimse onunla alay etme cesaretini gösteremedi.

Ama Crescenz her pazar sabahı plili kabarık eteğini giyip, köylü beresini takıyor ve kiliseye gidiyordu. Ve yalnızca bir kez, Viyana'daki ilk izin gününde bir gezinti yapmayı denedi. Ama tramvaya binmek istemediğinden ve gürültü patırtısından şaşkına döndüğü sokaklarda dikkatle yürürken taş duvarlardan başka bir şey göremediğinden ancak Tuna Nehri kıyısına kadar gelebildi; orada durup tanıdık bir şeye bakar gibi gözlerini gürül gürül akan suya dikti, sonra geri döndü, aynı yolu izleyip, evlerin önünden yürüdü ve anayoldan korkuyla uzak durarak eve vardı. Bu ilk ve tek keşif gezintisi onu düş kırıklığına uğratmış olacak ki, o günden sonra evden bir daha çıkmadı, pazar günlerini dikiş işleriyle uğraşarak ya da eline hiçbir şey almadan pencerenin önünde geçirmeyi yeğledi. Böylece yıpranmış, yemek pişirmekten buruşmuş, orası burası kesilmiş ellerine ay sonunda eskiden olduğu gibi iki değil dört mavi kâğıt parçası tutuşturulmasının dışında büyük kent onun kemikleşmiş tekdüze yaşamına hiçbir değişiklik getirmemişti. Bu banknotları her seferinde kuşkuyla uzun uzun incelerdi. Yeni banknotları köyden getirdiği oymalı tahta sarı kutu içinde duran öncekilerinin yanına yerleştirmeden önce bin bir zahmetle kırışıklıklarını açar, şefkatli el hareketleriyle dümdüz yapardı. Bu kaba ve biçimsiz küçük kutu kadının bütün sırrı, yaşamının anlamıydı. Anahtarını geceleri yastığının altına koyardı, gündüzleri nerede sakladığını ise evde kimseler bilmezdi.

Bu tuhaf insanın mizacı böyleydi (nasıl tanımlanırsa tanımlansın onun davranışlarından ancak belli belirsiz ve üstü kapalı bir biçimde insanlık yansıyabiliyordu) – gelgelelim genç Baron von F...'nin de aynı şekilde son derece tuhaf olan ev düzenine katlanabilecek tam da böyle at gözlüğü takmışçasına zihnini kapatmış bir yaratığa ihtiyaç vardı belki de. Çünkü hizmetliler oranın gergin havasına genelde işe giriş ve istifa arasında kalan gerekli yasal süreden fazla dayanamıyorlardı. Öfkeli, isteri derecesine varan çığlıklar, evin hanımından gelirdi. Essen'li çok zengin bir fabrikatörün geçkin kızı olan bu kadın, bir kaplıcada bu kendinden hayli genç (ama soyluluk düzeyi düşük ve parasal durumu bozuk) Baron'la tanışmış ve bu pek yakışıklı, asaletin verdiği çekicilikle salınan züppeyle alelacele evlenmişti. Ancak yeni gelin, bir eşte dayanışma ruhu ve çalışkanlık gibi nitelikler aranması gerektiği konusunda ısrarcı olup acele içinde gerçekleşen bu evliliğe karşı çıkan anne ve babasının direnmekte haklı olduklarını balayı biter bitmez itiraf etmek zorunda kalmıştı. Çünkü hızla kayıtsızlaşan kocanın karısından sakladığı yığınla borç yetmiyormuş gibi, bekârlık gezmelerine evlilik görevlerinden daha çok ilgi duyduğu çok geçmeden ortaya çıkmıştı; bu yakışıklı yarı centilmen aslında kötü niyetli değildi, hatta bütün hoppa insanlar gibi özünde keyifli biriydi, ancak son derece lakayt ve fütursuz bir dünya görüşüne sahipti ve paranın faiz getirecek şekilde değerlendirilmesini görgüsüzlere özgü açgözlü bir dar kafalılık olarak görüp, küçümsüyordu. Baron rahat yaşamak, kadın ise Ren bölgesi kentsoyluları gibi düzenli bir ev hayatı istiyordu, bu da adamın tepesini attırıyordu. Karısının onca servetine karşın her büyükçe meblağı ondan pazarlıkla koparmak zorunda kalması ve en büyük arzusu olan yarış atı ahırını kurma isteğinin bile hesabını bilen karısı tarafından geri çevrilmesi üzerine Baron, bu gür ve buyurgan sesiyle kulaklarını tırmalayan, ensesi kalın, iriyarı Doğu Almanyalı kadına karşı evlilik görevlerini yerine getirmesi için artık bir neden göremez olmuştu. Böylece, deyim yerindeyse, kadınla ilişkisini sessiz sedasız dondurup, düş kırıklığına uğrayan kadını kaba olmasa da kararlı bir tavırla kendinden uzak tutuyordu. Kadın serzenişte bulunsa onu kibarca ve sözüm ona ilgiyle dinliyor, ancak kadının vaazı bitince heyecanlı uyarıları sigarasının dumanıyla üfleyip kendinden uzağa itiyor ve hiç çekinmeden canının istediğini yapıyordu. Bu dolaysız ve neredeyse resmi nezaket, düş kırıklığına uğramış kadını her türlü tepkiden daha çok kızdırıyordu. Kocasının asla kırıcı olmayan düzeyli, hatta insanın içine işleyen kibarlığı karşısında tamamen çaresiz kaldığı için, biriken öfkesini sert biçimde başka alanlara yöneltiyordu: Hizmetçilere sövüp sayıyor, özünde haklı, ama bu alanda yersiz hiddetini bu masum insanlardan delice çıkarıyordu. Bu tutumu sonuçsuz kalmamış, çalışan kızları iki yıl içinde on altı kez değiştirmek zorunda kalmıştı; hatta bir seferinde kıza girişmiş ve olay hatırı sayılır bir tazminatla kapatılabilmişti.

Bu fırtınalı kargaşanın ortasında yağmurda bekleyen fayton beygiri gibi bir tek Crescenz sarsılmadan kalabiliyordu. Kimsenin tarafını tutmuyor, değişikliklerle ilgilenmiyor, hizmetçi odasını paylaşmaları için yanına verilen yabancı insanların isimlerinin, saç renklerinin, vücut kokularının ve davranışlarının değişmesini anlamazdan geliyordu. Çünkü hiçbiriyle konuşmuyor, çarpılarak kapatılan kapılara, öğle yemeklerinin yarıda kesilmesine, baygınlık geçirircesine yaşanan isteri nöbetlerine aldırmıyordu. Kimseyle ilgilenmeden mutfağından pazara, pazardan mutfağına hızla gidip geliyordu; çevresini duvarla ördüğü bu döngünün dışında olup bitenler umurunda değildi. Bir harman makinesi gibi yoğun ve duygusuzca çalışarak günleri birbiri ardına deviriyordu ve büyük kentte iki yılı böylece olaysız akıp gitmişti; iç dünyası gelişmemişti ama bundan farklı olarak kutusundaki mavi banknot yığını üç santim yüksekliğe ulaşmıştı ve Crescenz yıl sonunda parmaklarını ıslatıp bunları tek tek saydığında o sihirli bin rakamının hiç de uzak olmadığı ortaya çıkıyordu.

Gelgelelim rastlantının matkap uçları elmastandır ve içinde bolca tehlikeli tuzak barındıran kader, hiç umulmadık bir yerden kendine bir kapı bulmayı bilir ve kaya gibi sert mizaçları bile temelinden sarsarak darmadağın eder. Crescenz'e gelince dış neden, neredeyse onun kadar sıradan kılıflar içindeydi: Devletin canı on yıllık aradan sonra yine nüfus sayımı yapmak istemişti ve kimlik bilgilerinin eksiksiz doldurulması için bütün evlere oldukça karmaşık formlar yollanmıştı. Hizmetlilerin eğri büğrü ve yalnızca fonetik açıdan doğru olan yazma becerilerine güvenmeyen Baron, sütunları kendisi doldurmayı yeğledi ve bu yüzden Crescenz'i de odasına çağırdı. Kadına adını, yaşını ve doğduğu yeri sorduğunda, ava düşkün ve oradaki avlanma bölgesinin sahibiyle arkadaş olan Baron'un, kadının doğduğu Alplerin o köşesinde sık sık dağkeçisi avladığı ve kadının köyünden bir avcı rehberinin ona iki hafta boyunca eşlik ettiği ortaya çıktı. Tuhaf bir şekilde bu rehberin Crescenz'in amcası olduğu anlaşılıp, Baron'un da keyfi yerinde olunca bu tesadüfen yaratılmış ortamdan uzunca bir sohbet doğdu ve o sırada bir sürpriz daha ortaya çıktı: Baron, Crescenz'in çalıştığı handa vaktiyle mükemmel bir geyik kızartması yemişti – bunların hepsi önemsiz şeyler olsa da rastlantılar yüzünden ilginçti ve orada ilk kez memleketiyle ilgili bir şeyler bilen birini görmek Crescenz için mucize gibiydi. Kıpkırmızı kesilmiş meraklı bir yüzle Baron'un karşısında duruyordu; adam şakalar yapmaya başlayınca ve Tirol şivesini taklit ederek yodel* söylemeyi bilip bilmediğini sorunca ya da benzeri erkek çocuk muziplikleri yapınca Crescenz gururu okşanarak beceriksizce eğilip büküldü. Sonunda kendi yaptıklarıyla eğlenen Baron, kadının sert kalçasına keyifle köy usulü bir şaplak indirdi ve kadını gülerek dışarı gönderdi: "Hadi git, uslu Cenzi, Zillertal'li olduğun için al sana iki kron daha."

Kuşkusuz bu, heyecan verici ve önemli bir durum değildi aslında. Gelgelelim bu beş dakikalık konuşma, bu boğucu yaratığın balıklar gibi saklanmış duyguları üzerinde bataklığa atılan taş etkisi yaratmıştı: Gitgide ve ağır ağır oluşan hareketli halkalar, ağır kütleler halinde acelesiz ve dalga dalga bilincin kıyısına ulaşabiliyordu. İnatla susan bu kadın yıllardan beri ilk kez biriyle özel bir sohbete dalmıştı, onunla konuşan tam da bu ilk insanın bu taş yığınlarının ortasında onun dağlarını bilmesi, hatta onun hazırladığı geyik kızartmasından yemiş olması Crescenz'e doğaüstü bir kader gibi

* Yodel, Almanca *jodeln*, folk müziğinde gırtlak nağmeleriyle şarkı söyleme biçimidir. (ç.n.)

görünmüştü. Üstelik adam kalçasına teklifsizce vurmuştu; bu, köylü dilinde kısa yoldan bir tür yoklamaydı ve kadına talip olmak demekti. Crescenz bu şık ve kibar beyefendinin bu hareketiyle ondan gerçekten böyle bir talepte bulunduğunu aklından geçirmeye cesaret edemese de – bu bedensel samimiyet onun uyuşuk duyuları üzerinde sarsıcı sayılacak bir etki yaratmıştı.

Bu rastlantısal dürtüyle birlikte, iç dünyasında kademe kademe artan kasılmalar ve hareketlenmeler başladı, derken içinde önceleri kabaca, sonra gitgide açık biçimde ortaya çıkan yepyeni bir duygu oluştu; bir köpeğin çevresini saran bütün iki ayaklı canlılar arasından birinin kendi sahibi olduğunu hiç ummadığı bir günde kavraması gibiydi bu: Köpek o andan başlayarak efendisinin peşinden koşar, yazgısının ondan üstün kıldığı canlıyı kuyruğunu sallayarak ya da havlayarak selamlar, ona gönüllü itaat eder ve izi peşinde uysalca adım adım giderdi. Crescenz'in körelmiş, o güne kadar yalnızca alışkın olduğu beş kavramla, para, pazar, ocak, kilise ve yatakla sınırlı kalan çevresine yeni, kendine alan açmak isteyen ve eski şeyleri kaba kuvvetle kenara iten bir öğe girmişti. Crescenz, yakaladığını o haşin ellerinden bir daha bırakmayan köylü harisliğiyle yeni öğeyi teninin en derinlerine, kör duyularının karmaşık dürtü dünyasına kadar çekmişti. Değişimin gözle görülür şekilde meydana çıkması tabii biraz zaman almıştı; bu ilk belirtiler bile oldukça silikti, örneğin şunlardı: Crescenz, Baron'un giysilerini ve ayakkabılarını tutkulu bir özenle temizliyordu, ama Barones'in giysilerinin ve ayakkabılarının bakımını oda hizmetçisine bırakıyordu. Ya da onu sıklıkla koridorda ve odalarda görüyorlardı; dış kapıdan anahtar takırtısı duyar duymaz Baron'un paltosuyla bastonunu elinden almak için aceleyle onu karşılamaya koşuyordu. Mutfağa her zamankinden iki kat fazla özen gösteriyor, kendi elleriyle bir geyik kızartması hazırlayabilmek için yolunu güçlükle sora sora öğrendiği büyük pazaryerine gidiyordu. Ayrıca kendi giyimine de daha çok özen gösterdiği dikkat çekiyordu.

Yeni duygularının ilk filizlerinin iç dünyasından mücadeleyle sıyrılıp dışa vurulması bir ya da iki hafta sürmüştü. Bu ilk dürtünün içinden ikinci bir düşüncenin yeşermesi ve bu belirsiz ilk büyümenin renginin ve biçiminin berraklaşması yine haftalar gerektirmişti. Bu ikinci duygu, ilkini tamamlayan bir duygudan başka bir şey değildi: Crescenz'in Baron'un eşine beslediği, başlangıçta bulanık olan ama gitgide bütün çıplaklığıyla öne çıkan bir kindi bu; Baron'un yanında yaşayabilen, onunla uyuyabilen ve konuşan ama yine de kendisi gibi teslimiyetçi bir saygı göstermeyen bir kadına yönelikti. İster istemez şimdi eskisinden daha dikkatli davranan Crescenz, taptığı efendisinin sinirli karısı tarafından iğrenç bir biçimde aşağılandığı o utanç verici kavgaya tanık olduğu için mi, yoksa Baron'un güler yüzlü yakınlığı Kuzey Almanya'ya özgü donuk karısının kibirli soğukluğunu ona iki misli hissettirdiği için mi bilinmez, her şeyden habersiz Barones'e karşı ansızın hırçın davranmaya, diken gibi, binlerce iğne batırırcasına bir huysuzlukla dışa vurduğu bir düşmanlık sergilemeye başlamıştı. Barones'in çanını en az iki kez çalması gerekiyordu; Crescenz kasten ağırdan alıp, isteksizliğini açıkça göstererek bu çağrıya yanıt veriyor, peşinen kararlı bir savunmaya geçtiğini omuzlarını dikleştirerek ortaya koyuyordu. Emirleri ve görevleri hiç konuşmadan asık suratla kabul ediyordu; öyle ki Barones isteklerinin doğru anlaşılıp anlaşılmadığını asla bilemiyordu. Ne olur ne olmaz diye soracak olsa, Crescenz ya hırçın bir ifadeyle başını sallıyor ya da onu küçümser gibi bir tonda, "Duydum zaten," karşılığını veriyordu. Ya da tiyatroya gidecekleri sırada önemli bir anahtar ortadan yok olduğu için Barones sinir içinde odadan odaya koşturuyor, ama anahtar yarım saat sonra hiç umulmadık bir köşeden çıkıyordu. Crescenz, Barones'e gelen haberleri ya da telefonları iletmeyi sürekli unutuyordu: Sorguya çekildiğinde de zerre kadar üzüntü belirtisi göstermeden, "Ne yapayım unutmuşum," diye sertçe kestirip atıyordu. Asla Barones'in gözlerinin içine bakmıyordu, kinini gizleyememekten korkuyordu muhtemelen.

Bu arada evdeki sürtüşmeler, karıkoca arasında gitgide daha tatsızlaşan sahnelerin yaşanmasına yol açıyordu: Haftadan haftaya daha taşkın tavırlar sergileyen Barones'in gerginliğinde, huysuzluğuyla farkında olmadan karşısındakini kışkırtan Crescenz'in de muhtemelen payı vardı. Çok uzun zaman bekâr kaldığı için sinirleri zayıflayan zavallı Barones, ayrıca kocasının kayıtsızlığı ve hizmetçilerin düşmanca davranışları karşısında dengesini günden güne yitiriyordu. Asabiyeti brom ve veronal ile yatıştırılmaya çalışılıyor ancak sonuç alınamıyordu; iyice gerilen sinirleri tartışmalarda kopma noktasına geliyor, kadın ağlama ve isteri nöbetleri geçiriyor, ancak kimseden zerre kadar anlayış göremediği gibi ona iyi niyetle destek vermeye yanaşan da olmuyordu. Sonunda çağırılan doktor kadının iki ay sanatoryuma yatmasını önerdi ve başka zaman kayıtsız olan kocası bu öneriyi ani bir kaygıya kapılıp destekleyince kadın yeniden kuşkulanıp bu öneriye önce direndi. Ama sonunda yolculuğa çıkmasına ve oda hizmetçisinin ona eşlik etmesine karar verildi; bu arada Crescenz o koca evde tek başına kalıp beyefendinin hizmetini görecekti.

Muhterem beyefendinin bakımının yalnızca ona emanet edildiği haberi Crescenz'in uyuşmuş duyuları üzerinde canlandırıcı ani bir etki yaratmıştı. Sanki bütün sıvıları ve güçleri sihirli bir şişe içine konup iyice çalkalanmış gibi, şimdi mizacının derinlerinden gizli bir ihtiras tortusu yukarı doğru yükseliyor ve bütün davranışlarına nüfuz ediyordu. Katı ve donmuş uzuvlarındaki durgunluk ve hantallık bir anda eriyip çözülüyordu; elektrik akımı etkisi yaratan bu haber geldiğinden beri sanki uzuvları hafiflemiş, yürüyüşü hızlanıp canlanmıştı. Yolculuk hazırlığının başladığını duyar duymaz odadan odaya koşturdu, merdivenleri inip çıktı ve kimse ondan istemeden bavulları kaptığı gibi kendi elleriyle arabaya taşıdı. Baron akşam geç saatte istasyondan döndü, işgüzarlıkla onu karşılamaya koşan hizmetçiye bastonunu ve paltosunu uzattıktan sonra rahat bir soluk alıp, "Başarıyla yolladım!" dedi; işte o sırada tuhaf bir şey oldu. Diğer zamanlarda bütün hayvanlar gibi asla gülmeyen Crescenz'in katı dudaklarında şiddetli bir seğirme ve gerilme başladı. Ağzı yamuldu, yayılarak yanlara doğru kaydı ve ahmakça aydınlanan yüzünden aleni ve hayvani bir fütursuzlukla öyle bir sırıtma taştı ki, Baron bu manzara karşısında şaşırıp rahatsız oldu, gösterdiği yersiz samimiyetten utandı ve hiç konuşmadan odasına geçti.

Ama bu anlık rahatsızlık hemen geçti ve izleyen günlerde efendiyle hizmetçiyi birlikte derin bir nefes alıp, tadına vardıkları sessizlik ve ruhlarını ferahlatan bir özgürlük birbirlerine bağladı. Kadının yokluğu ortamın bulutlarını da dağıtmıştı: Sürekli hesap vermekten kurtulup özgürleşen koca, hemen ertesi akşam eve geç geldi; onu sürekli konuşarak karşılayan karısının aksine Crescenz'in sessizce çabalayıp durması Baron'u ferahlatıyordu. Crescenz yine büyük tutkuyla gündelik işlerine sarılmıştı, sabahları daha erken kalkıyor, her yeri pırıl pırıl yapıyor, kapı kollarını ve tokmakları deliler gibi ovuyor, bir çırpıda çok lezzetli yemekler hazırlıyordu. Baron yediği ilk öğle yemeği sırasında en kıymetli çatal bıçak takımının sırf kendisi için kullanıldığını görünce şaşırmıştı; oysa bu takım başka zamanlar ancak özel durumlar için gümüş eşya dolabından çıkardı. Baron genelde dikkatsiz biriydi ama bu tuhaf yaratığın özenli ve hassas ilgisi gözünden kaçmamıştı; özünde iyi niyetli bir insan olduğu için memnuniyetini dile getiren sözleri söylemekten kaçınmadı. Kadının yemeklerini övdü, arada sırada ortaya birkaç samimi söz attı ve ertesi sabah –o gün Baron'un isim günüydü– adının ve soyadının baş harflerini taşıyan ve üzerine şekerlemeden arma oturtulmuş, ustaca yapılmış bir pastayla karşılaşınca kadına bakıp kahkahayla güldü: "Bu gidişle beni şımartacaksın, Cenzi! Tanrı korusun karım dönerse ne yaparım ben?"

Baron yine de birkaç gün daha kendine bazı baskılar uyguladıktan sonra gösterdiği her türlü ihtiyatı elden bıraktı. Ama sonra, birçok belirtiye dayanarak Crescenz'in ağzının sıkılığından kuşkusu kalmayınca tümüyle bekârlık günlerine dönüp evinde rahatına bakmaya başladı. Yaz bekârlığının dördüncü gününde Crescenz'i odasına çağırdı, hiçbir açıklama yapmadan ve sakin bir sesle akşam için iki kişilik soğuk yemek hazırlamasını, sonra da yatmasını söyledi; gerisini kendisi temin edecekti. Crescenz, verilen görevi ağzını bile açmadan kabul etti. Bu sözlerin asıl anlamının kalın kafasına girdiğini anlatacak biçimde ne bakmış ne de gözünü kırpıştırmıştı. Ancak kadının asıl amacını çok iyi kavradığını beyefendi çok geçmeden eğlenceli bir sürprizle anlayacaktı; Baron tiyatrodan gece geç vakit yanında opera öğrencisi küçük bir kızla eve döndüğünde, çiçeklerle süslü nefis bir sofra bulmakla kalmamıştı, yatak odasında yatağının yanındaki yatak da pervasız bir davetle açılmıştı, ayrıca karısının ipek geceliği ve terlikleri geleni beklercesine hazır edilmişti. Özgür bırakılmış koca, bu yaratığın kapsamlı ilgisine elinde olmadan gülümsedi. Crescenz'in bu destekçi sırdaşlığı Baron'un son çekincesini de ortadan kaldırmıştı. Baron sabah erkenden çanını çalıp, Crescenz'den kibar konuğa giyinmesinde yardımcı olmasını istedi; böylece ikisinin arasındaki suskun anlaşma gerçek anlamda mühürlenmişti.

Crescenz'e o günlerde bir de yeni ad verilmişti. O sıralarda Donna Elvira'yı çalışan şen şakrak opera öğrencisi, Don Juan'lığa yücelterek takıldığı nazik erkek arkadaşına bir keresinde gülerek, "Şu senin Leporella'yı çağırsana gelsin!" demişti. Baron bu isimden hoşlanmıştı, çünkü Tirollü odun gibi kadınla tuhaf bir şekilde dalga geçiyordu; Baron o günden sonra Crescenz'e yalnızca Leporella diye seslendi. İlk duyduğunda başını şaşkınlıkla kaldırıp bakakalan Crescenz, anlamını kavramadığı bu adın kulağa hoş gelen tınısından etkilendi, adının değiştirilmesinin soyluluğa terfiymiş gibi tadını çıkardı: Coşkulu Baron onu ne zaman bu adla çağırsa, ince dudakları yayılıyor, kahverengi at dişleri büsbütün ortaya çıkıyordu ve kadın muhterem efendisinin emirlerini kabul etmek için yaltaklanarak, adeta kuyruk sallayarak ona sokuluyordu.

Bu ad ona aslında eğlence niyetine verilmişti: Gelgelelim geleceğin opera yıldızı bu adı seçerek, bu tuhaf yaratığın üzerine hokka gibi oturan, sözcüklerden bir elbise giydirmişti ona adeta; çünkü Daponte'nin keyfine de ortak olan suç ortağı gibi, bu sevgi nedir bilmeyen, körelmiş kız kurusu efendisinin maceralarından tuhaf bir zevk alıyordu. Mesele, ölesiye nefret ettiği kadının yatağını bir sabah bu, bir sabah bir başka genç beden tarafından altı üstüne getirilmiş ve onuru lekelenmiş halde bulmanın verdiği manevi tatmin miydi, yoksa bunlardan onun da gizli bir zevk duyması mıydı bilinmez, yobaz ve sert yaşlı kız, efendisine bütün kaçamaklarında hizmet edebilmek için tutkulu bir çaba sergiliyordu. Canını dişine takmaktan bitkin düşmüş, onlarca yıldır çalışmaktan cinsiyetini yitirmiş bedeni onu artık çoktandır sıkıştırmadığı için, birkaç gün sonra yatak odasına giren ikinci, hatta hemen arkasından üçüncü bir kadının arkasından göz kırparak yaptığı çöpçatanlıktan duyduğu hazzın tadını çıkarıyordu: Suç ortaklığı ve erotik ortamın iç gıcıklayıcı parfümü, onun uyuşmuş duyuları üzerinde parlayıcı madde etkisi yaratıyordu. Crescenz gerçekten Leporella'ya dönüşmüş ve o neşeli oğlan gibi hareketli, hoplayıp zıplayan, canlı biri olmuştu; olaylara böylesine şiddetli bir biçimde dahil olmanın yarattığı taşkın heyecan, mizacındaki tuhaf özellikleri açığa çıkarıyordu şimdi; küçük bir sürü hileler, kurnazlıklar, huysuzluklar, gizlice dinlemeler, merak, pusu kurmalar ve bir yerleri karıştırmalar gibi huylardı bunlar. Kapıları dinliyor, anahtar deliklerinden gözetliyor, odaları ve yatakları didik didik arıyordu; yeni bir av ganimetinin kokusunu alır almaz tuhaf bir heyecana kapılıyor, merdivenleri bir inip bir çıkıyordu; bu uyanıklık, bu meraklı, seyretmeye hevesli işbirliği, odundan bir kılıf içindeki eski uyuşuk kadından zamanla neredeyse canlı bir insan yaratmıştı. Crescenz, komşuları da şaşırtarak bir anda girişken biri olmuştu, kızlarla hoşbeş ediyordu, postacıya kaba şakalar yapıyordu ve pazar tezgâhlarındaki satıcı kızlarla oturup dedikodu yapmaya başlamıştı; bir akşam malikânenin ışıkları söndürüldükten sonra hizmetçi kızlar, odalarının karşı tarafındaki, başka zaman hiç ses gelmeyen pencereden tuhaf mırıltılar duydular: Crescenz gür ve çatlak sesini yükseltmeden sütçü kadınların akşamları otlaklarda söyledikleri Alp Dağları şarkılarını mırıldanıyordu. Tekdüze melodi, ardına gizlendiği şarkı söylemeye alışkın olmayan dudaklardan güçlükle ve detone dökülüyordu; ama yine de tuhaf bir şekilde dokunaklı ve yabancı bir tınısı vardı. Crescenz, çocukluğundan beri ilk kez şarkı söylemeye çalışıyordu ve yılların üzeri örtülü karanlığından güçlükle gün ışığına doğru yükselen bu ürkek notalarda insanın içini acıtan bir şey vardı.

Bu duruma bilmeden neden olan Baron, gözü ondan başkasını görmeyen bu kadının tuhaf değişimini en az fark eden kişiydi; öyle ya, kim dönüp kendi gölgesine bakardı ki? Gölgesinin sadakatle sürünerek ve sessizce adımlarının arkasından geldiğini hissederdi insan, bazen bilincine varmadığı bir dilek gibi önünden acele ettiğini de bilirdi, ama gölgenin parodi yaparcasına aldığı biçimleri gözlemlemeye ve bu çarpıtılmış şekillerin içinden kendi varlığını seçmeye çalışması çok nadirdi. Baron'un Crescenz'de dikkatini çeken tek husus, kadının hizmete her an hazır, suskun, güvenilir ve kendini feda edercesine itaatli oluşuydu. Tam da bu suskunluk, kadının bütün mahrem durumlarda koyduğu doğal mesafe, Baron'a büyük huzur veriyordu; bazen, bir köpeğin başını sever gibi kayıtsızca, Crescenz'in birkaç tatlı sözle gönlünü okşuyordu, ya da bir başka sefer onunla şakalaşıyor, dostane bir tavırla kulak memesini çimdikliyordu, sonra bir banknot ya da tiyatro bileti veriyordu ona – bunlar, üzerinde durmadan, yeleğinin cebinden çıkarıverdiği küçük şeylerdi onun için, kadın içinse huşu içinde tahta kutusuna sakladığı kutsal emanetlerdi. Baron, gittikçe kadının önünde yüksek sesle düşünmeyi, hatta ona karmaşık görevler vermeyi alışkanlık haline getiriyordu – kadına güvendiğine dair verdiği işaretleri artırıyor, o da daha büyük bir minnet ve çabayla işlere sarılıyordu. Kadın gitgide koku izinde koşan, arayan ve hisseden tuhaf bir içgüdü geliştirmişti, avının izini sürer gibi Baron'un bütün arzularını araştırıp ortaya çıkarıyor, hatta bunları kendisine söylenmeden yerine getiriyordu; bütün yaşamı, çabası ve isteği sanki kendi bedeninden çıkıp Baron'unkine geçmişti; her şeyi onun gözleriyle görüyor, onun duyularına kulak veriyor, adamın bütün zevklerinin ve fetihlerinin tadına ahlaksızca denebilecek bir coşkuyla ortak oluyordu. Eşiğe yeni bir dişi canlı ayak bastığında yüzü aydınlanıyor, eğer Baron akşamları yanında zarif bir kadınla eve dönmezse beklentisi yerine getirilmemiş gibi küskün gözlerle bakıyordu – kadının eskiden uyuşmuş olan zihni, evvelce yalnızca ellerinin yaptığını yaparak hızlı ve çılgınca çalışıyor, gözlerindeyse uyanık bir ışık pırıl pırıl parıldıyordu. Hayvan gibi çalışan bitkin ve yorgun canlının içinde bir insan uyanmıştı; karanlık, kapalı, kurnaz ve tehlikeliydi; içten pazarlıklı, kafası meşgul, huzursuz ve entrikacıydı.

Bir keresinde Baron eve erken gelince şaşkınlıktan koridorda kalakaldı: Başka zamanlar çıt çıkmayan mutfağın kapısının ardından tuhaf kahkahalar ve kıkır kıkır gülmeler mi geliyordu? Leporella hemen ellerini önlüğüne sildi, yüzünde hem küstah hem de mahcup bir ifadeyle aralık duran kapıda göründü. Bakışlarını yere çevirerek, "Kusura bakmayın artık, beyefendi," dedi. "Ama içeride pastacının kızı var... hoş bir kız... beyefendiyle tanışmayı öyle istiyor ki." Baron başını kaldırıp hayretle baktı, böylesine terbiyesiz bir samimiyet karşısında öfkelenmeli mi, yoksa kadının görev aşkıyla yaptığı çöpçatanlığa gülmeli miydi, karar veremedi. Sonunda erkekçe merakı üstün gelip, "Bir göreyim bakalım şunu," dedi.

Leporella'nın tatlı dil dökerek zamanla yanına çektiği on altı yaşında, sarışın, körpe, tatlı küçük bir kızdı bu; hizmetçi onu ısrarla ittirdi, o da yanakları al al, kıkır kıkır gülerek kapıda belirdi ve karşıdaki dükkândan çocuksu bir hayranlıkla sık sık seyrettiği nazik adamın önünde beceriksizce döndü. Baron onu beğendi ve odasında birlikte çay içmeyi önerdi. Kız kabul edip etmemekte kararsız kalıp Crescenz'e döndü. Ama o, dikkat çekici bir aceleyle mutfağa kaçmıştı bile; maceraya sürüklenmiş kızın böylece kıpkırmızı bir yüzle ve heyecanlı bir merak içinde tehlikeli davete uymaktan başka seçeneği kalmamıştı.

Ama doğa, aşamaları atlayıp geçmezdi: Bu iri kemikli, sıkıcı canlıda, karmaşık ve çarpık bir tutkunun baskısıyla zihinsel bir devinim zorla gerçekleşmiş olsa da, Crescenz'in sonradan edindiği dar kafalı düşünce tarzının, hayvanların kısa süreli dürtülerine benzemekten öteye gidemediği ilk fırsatta ortaya çıkmıştı. Crescenz, köpekler gibi bağlandığı efendisine her alanda hizmet etme tutkusu içinde öylesine kaybolup gitmişti ki, evin uzakta olan kadınını tamamen unutmuştu. Ayılması bu yüzden çok feci oldu: Baron bir sabah aksi ve sinirli tavırla, elinde bir mektupla içeri girip, evin her yerini düzene sokmasını, ertesi gün karısının sanatoryumdan eve döneceğini söylediğinde, Crescenz güneşli havada yıldırım çarpmışa döndü. Benzi attı, ağzı açık, öylece kalakaldı: Haber, göğsüne bıçak gibi saplanmıştı. Acaba yanlış mı anladım diye bakıyor, yalnızca bakıyordu. Bu ani değişim, yüzünü öylesine şiddetli bir korkuyla altüst etmişti ki, Baron onu rahatlatıcı sözlerle biraz yatıştırma ihtiyacı duydu: "Bu haber anlaşılan seni de sevindirmedi, Cenzi. Ama yapacak bir şey yok işte."

Derken taş kesilmiş yüzde bir hareket başladı. Ta derinden, sanki bağırsaklardan başlayıp yukarı doğru tırmanan şiddetli bir kasılma, az öncesine kadar çok solgun olan yanakları koyu kırmızıya boyadı. Sert kalp atışlarıyla yukarı doğru pompalanan bir şey ağır ağır kabarıyor, gırtlak, zorlayıcı sıkıntıdan titriyordu. Sonunda o şey yukarı ulaştı ve gıcırdayan dişlerin arasından boğuk bir sesle döküldü: "Şey... şey... bir şey... yapılabilir aslında..."

Öldürücü bir kurşun gibi sert çıkmıştı bu cümle. Çarpılan yüz bu şiddetli boşalmanın ardından öylesine kötücül, öylesine kararlı bir ifadeyle buruştu ki, Baron elinde olmadan korkuyla yerinden fırlayıp geriledi. Ama Crescenz çoktan arkasını dönmüş, parmaklarını kırmak istercesine kasarak sergilediği bir çabayla bir bakır havanı ha gayret ovmaya başlamıştı.

Barones'in dönüşüyle birlikte evde yeniden esmeye başlayan fırtına, kapıları çarparak kapatıyor, odaları bütün sertliğiyle dolaşıyor, evin şehvetli hoş havasını kurander gibi dışarı atıyordu. Aldatılan kadın, kocasının evi onur kırıcı biçimde kötüye kullandığını ya komşuların dedikodularından ve imzasız mektuplardan öğrenmişti ya da kocasının kendisini karşılarken açıkça gösterdiği fütursuz, bezgin ve sinirli tavrına canı sıkılmıştı – nedeni her neyse sanatoryumda geçirdiği iki ay, kopacak kadar gerilmiş sinirlerine belli ki pek iyi gelmemişti; çünkü ağlama nöbetleri, tehditler ve sinir krizleri birbirini izliyordu. Karıkoca arasındaki ilişki her geçen gün daha dayanılmaz oluyordu. Baron, üzerine hücum eden suçlamalara birkaç hafta daha o bilinen kibarlığıyla yiğitçe direndi, karısı onu boşanmakla ya da ailesine mektup yazmakla tehdit etmeye başlayınca da kaçamak ve oyalayıcı karşılıklar verdi. Baron'un tam da bu sevgisiz ve soğuk kayıtsızlığı, hiç dostu olmayan, çevresi gizli düşmanlarla sarılı kadını gitgide daha derinleşip dozu artan bir taşkınlığa sürüklüyordu.

Crescenz eski suskunluğuna yeniden zırh gibi bürünmüştü. Ama bu seferki suskunluğu saldırgan ve tehlikeliydi. Hanımı eve girerken inatla mutfaktan çıkmadı, sonra dışarı çağırıldığında evine dönen kadını selamlamamak için direndi. Omuzlarını huysuz bir tavırla öne çıkarıp kütük gibi durdu ve soruları öylesine hırçın yanıtladı ki, sonunda sabrı taşan kadın ona sırtını döndü: Crescenz, her şeyden habersiz kadına arkasından attığı tek bir bakışla içinde biriken bütün kini kustu. Kadının dönmesiyle birlikte, haris duyguları haksız bir soyguna uğramışçasına tepki vermeye başlamıştı; tutkuyla tadını çıkardığı hizmetlerinden duyduğu mutluluğun ardından yeniden mutfağa ve ocağın başına itilmişti, samimi Leporella adı geri alınmıştı. Çünkü Baron, Crescenz'e karısının yanında yakınlık göstermekten özenle kaçınıyordu. Ama iğrenç kavgalardan bunalıp o ilgiye ihtiyaç duyduğunda ve havasını değiştirmek istediğinde bazen gizlice mutfağa süzülüp Crescenz'in yanına geliyor, sırf, "Artık dayanamıyorum!" diye sızlanabilmek için sert tahta sandalyelerden birine oturuyordu.

Taptığı efendisinin çok gerildiğinde yanına sığındığı bu anlar, Leporella'nın en mutlu olduğu zamanlardı. Yanıt vermeye ya da avutucu sözler söylemeye asla cesaret edemezdi; sessizce kendi içine dönüp, öylece otururdu; arada sırada başını kaldırıp kendini kul ettiği tanrısına onu dinlediğini gösteren acıma ve kaygı dolu bir bakışla bakardı ve bu ilgi Baron'a iyi gelirdi. Ama Baron mutfaktan çıkar çıkmaz, Crescenz'in yüzündeki öfke çizgisi alnına kadar uzar ve iri elleri öfkesini, savunmasız etleri döverek ya da kapları, çatal bıçağı ovarak çıkarırdı.

Evin hanımının geri dönüşüyle esmeye başlayıp evi dolduran boğucu hava sonunda kopan bir fırtınayla boşaldı:

Yaşanan sert kavgalardan birinde sabrı taşan Baron, alçakgönüllü ve umursamaz okul çocuğu konumundan ansızın sıyrıldı ve kapıyı arkasından çarparak çıktı. "Bıktım artık," diye öylesine bir öfkeyle bağırdı ki, en uçtaki odanın camları bile zangır zangır titredi. Kıpkırmızı bir yüzle, kızgınlıktan hâlâ alev alev yanarken mutfağa, gerilmiş yay gibi titreyen Crescenz'in yanına gidip, "Derhal bavulumla tüfeğimi hazırla!" dedi. "Bir haftalığına ava gidiyorum. Bu cehenneme şeytan bile daha fazla dayanamaz, bu işe artık bir son vermeli."

Crescenz ona tutkuyla baktı: İşte Baron yeniden beyefendi olmuştu! Gırtlağının derinlerinden homurtuyla çıkan boğuk bir gülüşle, "Haklısınız beyefendi, bu işe bir son vermeli," dedi. Hamaratlıktan sekerek, odadan odaya koşturarak, uçarcasına bir telaşla dolaplarda ve masaların üzerinde ne bulduysa toplarken, bu hantal yaratığın bütün sinirleri gerilim ve hırstan titriyordu. Bavulu ve tüfeği kendi elleriyle merdivenlerden indirip arabaya taşıdı. Baron, gösterdiği çaba için Crescenz'e teşekkür edecek doğru sözcüğü aradığı sırada gördüğü şey karşısında korkuyla irkildi. Çünkü kadının sımsıkı sıktığı dudaklarına adamı her seferinde ürküten o sinsi gülüş yayılmıştı yine. Crescenz'i böyle pusuya yatmış halde görünce Baron'un aklına elinde olmadan saldırmaya hazırlanan bir hayvanın sıkılmış pençeleriyle duruşu gelmişti. Ama Crescenz hemencecik büzüldü ve neredeyse can sıkıcı bir sırnaşıklıkla ve boğuk bir sesle, "Rahat rahat gidin siz beyefendi, ben her şeyi hallederim," diye fısıldadı.

Baron üç gün sonra aldığı acil bir telgrafla avdan geri çağrılmıştı. Onu istasyonda kuzeni karşıladı. Baron tedirgindi ve üzücü bir şey olduğunu ilk bakışta anlamıştı, çünkü kuzeninin bakışları gergin ve huzursuzdu. Baron, alıştırıcı birkaç sözcüğün ardından gerçeği öğrendi: Karısı o sabah yatağında ölü bulunmuştu, odaya havagazı dolmuştu. Kuzeni, dikkatsizlik eseri meydana gelmiş bir kazanın maalesef söz konusu olmadığını belirtti, çünkü mayıs ayıydı ve gaz sobası çoktandır kullanılmıyordu; zavallının canına kıymak istediği, akşam veronal almasından belliydi. İlaveten aşçı Crescenz'in ifadesi vardı; aşçı o akşam evde yalnızdı ve zavallı kadının gece vakti –belli ki itinayla kapatılmış gaz musluğunu kasten açmak niyetiyle– öndeki odaya geçtiğini duymuştu. Çağrılan adli hekim de bu ifade üzerine her türlü kaza olasılığının imkânsız olduğunu açıklamış, olayı tutanağa intihar kaydıyla geçirmişti.

Baron titremeye başladı. Kuzeni, Crescenz'in tanıklığından söz ederken Baron ellerinden kanın çekildiğini hissetti ansızın: Berbat, iğrenç bir fikir, mide bulantısı gibi dalgalanarak yayıldı içine. Ama Baron bu midesini kaynatan, acı veren duyguyu zorla bastırdı ve kuzeninin onu eve sokmasına gönülsüzce boyun eğdi. Cenaze götürülmüştü; salonda akrabaları onu karanlık, düşmanca bakışlarla bekliyordu: Başsağlığı dilekleri bir bıçak kadar soğuktu. Akrabalar suçlayıcı bir tarzda üstüne basa basa, "Skandalı" örtbas etmenin maalesef mümkün olmadığını dile getirmek zorunda olduklarını belirttiler, çünkü hizmetçi kız o sabah, "Hanımefendi intihar etmiş!" diye çığlık çığlığa bağırarak kendini merdivene atmıştı. Onlara göre cenaze töreni sade olmalıydı, çünkü –keskin bıçak yine Baron'un üzerine buz gibi yönelmişti– ortada bir sürü dedikodu dolaştığından insanların merakı kabarmıştı. Berbat durumdaki Baron konuşulanları karmakarışık bir kafayla dinledi, bir ara farkında olmadan başını kaldırıp bakışlarını yatak odasının kapalı duran kapısına çevirdi, sonra başını yüreksizce yeniden eğdi. İçinde durmaksızın kabarıp ona acı veren bir şeyi sonuna kadar düşünmek istiyordu, ancak bu kin dolu boş sözler aklını karıştırıyordu. Siyahlara bürünmüş akrabalar yarım saat daha gevezelik ederek çevresini sardılar, sonra birer birer ayrıldılar. Baron, boşalan loş odada tek başınaydı şimdi; ağır bir tokat yemiş gibi titriyor, başı ağrıyor, eklemleri tutmuyordu.

O sırada kapıya vuruldu. "Gir," dedi Baron irkilerek. Arkadan çekinerek yaklaşan adımlar duydu; iyi bildiği sert, gizlice sokulan, sürünen adımlardı bunlar. Birden dehşete kapıldı: Sanki boyun omuru bir yere sımsıkı vidalanmış ve teni şakaklarından başlayıp dizlerine kadar buzla kaplanıp diken diken olmuştu. Baron arkasına dönmek istiyor ama kaslarına söz geçiremiyordu. Böylece odanın ortasında kalakaldı; sessizce titriyordu, kolları sarkmış, elleri taş kesilmişti ve suçlu olduğunu bile bile orada durup kalmanın nasıl ödlekçe göründüğünü çok iyi hissediyordu. Bütün gücüyle çabalaması boşunaydı, kasları onu dinlemiyordu. O sırada arkasındaki ses umursamaz bir sakinlikle ve alabildiğine dingin, kupkuru bir nesnellikle, "Beyefendi, yemeğinizi evde mi, yoksa dışarıda mı yiyeceğinizi soracaktım yalnızca," dedi. Baron'un titremesi daha da şiddetlenmiş, o buz gibi soğukluk şimdi göğsüne kadar çıkmıştı. Üç kez denedikten sonra sonunda boğazından güçlükle çıkararak, "Hayır, hiçbir şey yemeyeceğim şimdi," diyebildi. Bunun üzerine o adımlar yine sürünerek dışarı çıktı, ama Baron arkasına dönmeye cesaret edemedi. Sonra kaskatı hali ansızın çözüldü, duyduğu tiksinti ya da geçirdiği nöbetin etkisiyle içi dışı sarsılmaya başladı. Bir hamleyle kapıya doğru atıldı, o adımlar, o nefret ettiği, hayalet gibi peşini bırakmayan adımlar yanına bir daha yaklaşmasın diye anahtarı hızla çevirdi. Sonra kendini koltuğa bıraktı; aklına getirmek istemediği, ama sümüklüböcek misali buz gibi ve yapış yapış içinde sürekli gezinen bir düşünceyi aklından boğarak atmaya çabalıyordu şimdi. Dokunmaya tiksindiği bu zoraki düşünce, karşısında savunmasız kaldığı sümük gibi, iğrenç düşünce bütün duygularını esir alıyordu; uykusuz geçirdiği gece ve izleyen bütün saatler boyunca, hatta cenaze töreni sırasında siyah giysiler içinde sessizce tabutun başında dururken bile onu terk etmedi.

Cenaze törenini izleyen gün Baron alelacele kentten ayrıldı: Oradaki yüzlerin hiçbirine katlanamıyordu artık; taziyede bulunurken (yoksa ona mı öyle geliyordu?) tuhaf bir şekilde gözetleyen, eziyet ederek yargılayan gözlerle bakıyorlardı ona. Hatta cansız nesneler bile kötücül ve suçlayıcı bir dille konuşuyordu: Evdeki her mobilya, özellikle de her şeye gazın tatlımsı kokusunun adeta sindiği yatak odasındaki eşyalar elinde olmadan kapı kolunu indirdiği sırada bile onu geri itiyordu. Uyurken ve uyanıkken yaşadığı en büyük kâbus, bir zamanlar sırdaşı olan kadının kayıtsız ve soğuk umursamazlığıydı, bomboş evin içinde sanki hiçbir şey olmamış gibi dolanıp durmasıydı. Baron, kuzeninin istasyonda onun adını andığı andan beri kadınla her karşılaştığında titriyordu. Adımlarını duyar duymaz kaçmak istiyor, içini asabi bir huzursuzluk kaplıyordu: Bu sürüyerek atılan umursamaz adımları görmeye de duymaya da katlanamıyor, bu soğuk ve sessiz rahatlığı kaldıramıyordu artık. Kadını, çatlak sesini, yağlı saçlarını, hayvansı, boğucu ve vahşi duygusuzluğunu anımsadığında midesi bulanıyordu; boğazını sıkan bağı, bir ip gibi şiddetle koparacak güce sahip olmadığı için öfkesini kendine de yöneltiyordu. Böylece görebildiği tek çıkar yol kaçmaktı. Bavulunu gizlice, Crescenz'e tek bir söz söylemeden hazırladı ve geride, Kärnten'deki arkadaşlarının yanına gittiğini aceleyle yazdığı bir not bıraktı yalnızca.

Baron yaz boyu eve uğramadı. Bir seferinde miras işleriyle ilgili olarak Viyana'ya acilen çağrıldığında gizlice gelmeyi, otelde kalmayı ve evde ısrarla oturmayı sürdüren baykuşu haberdar etmemeyi yeğledi. Crescenz kimseyle konuşmadığı için Baron'un geldiğini öğrenememişti. Bütün bir gün işsiz güçsüz, baykuşlar gibi asık suratla mutfakta hareketsizce oturuyor, eskiden bir kez gittiği kiliseye iki kez gidiyor, Baron'dan avukatı aracılığıyla talimatlar ve maaşına sayılmak üzere para alıyor, ancak Baron'un kendisinden hiç haber alamıyordu. Baron ona ne yazıyor ne de haber yolluyordu. Kadın böylece sessizce oturup bekliyordu: Yüzü daha da sertleşip çöktü, hareketleri yine kütük gibi oldu ve böyle esrarengiz, kaskatı bir halde bekleyip dururken haftalar haftaları kovaladı.

Ancak sonbahar geldiğinde yapılması gereken acil işlerinden dolayı Baron tatilini uzatamayıp evine dönmek zorunda kaldı. Eşikte durdu, kararsızdı. Yakın dostlarının arasında geçirdiği iki ay ona pek çok şeyi adeta unutturmuştu; ama şimdi kâbuslarıyla, muhtemelen suç ortağı olan biriyle yeniden yüz yüze geleceği için, midesini bulandıran aynı boğucu kasılmayı hissetti. Gitgide yavaşlatarak çıktığı her basamakla birlikte o görünmez el de boğazına doğru tırmanıyordu. Kaskatı olmuş parmaklarının anahtarı kilide sokup güçbela çevirebilmesi için bütün irade gücünü toplayıp zorla kendine gelmesi gerekti.

Crescenz, kilide sokulan anahtarın takırtısını duyar duymaz şaşkınlık içinde mutfaktan dışarı fırladı. Baron'u görünce kireç gibi bir yüzle bir an durdu, eğilmek için Baron'un yere bıraktığı çantasına doğru uzandı hemen. Ama selam vermeyi unuttu. Baron da tek söz etmedi. Kadın çantayı sessizce efendisinin odasına taşıdı, o da onu sessizce izledi. Hiç konuşmadan pencereden dışarı bakarak kadının odadan çıkmasını bekledi. Arkasından kapısını telaşla kilitledi.

Bu, aylardan sonra ilk karşılaşmalarıydı.

Crescenz bekledi. Kadını görünce baş gösteren dehşet dolu o iğrenç kasılma belki geçer diye Baron da bekledi. Ama geçmedi. Daha kadını görmeden, yalnızca koridordan gelen adımlarını duyduğunda bile sıkıntısı dalga dalga büyüyordu. Kahvaltıya elini sürmüyor, her sabah tek bir söz etmeden telaşla evden çıkıyor, kadının yakınında olmamak için gece yarısına kadar da dönmüyordu. Kadına vermesi kaçınılmaz olan iki, üç görevi de yüzüne bakmadan söylüyordu. Bu hortlakla aynı odanın havasını solumaktan boğulur gibi oluyordu.

Bunlar olurken, Crescenz tahta taburesinde bütün gün ağzını açmadan oturuyordu. Kendisi için yemek pişirmiyordu artık. Her yemekten tiksiniyor, herkesten kaçıyordu. Yalnızca oturuyor ve kabahat işlediğini bilen, dayak yemiş köpek gibi ürkek gözlerle sahibinin ilk ıslığını çalmasını bekliyordu. Karanlık zihni, olup biteni tam olarak idrak edemiyordu; tek bildiği, tanrısının ve efendisinin ondan kaçtığı ve onu istemediğiydi, olanca şiddetiyle içine işleyen yalnızca buydu.

Baron geldikten üç gün sonra kapının zili çaldı. Kır saçlı, tıraş olmuş, sakin bir adam elinde bavuluyla eşikte duruyordu. Crescenz adamı yollamaya yeltendi önce. Ancak davetsiz misafir, ısrarla yeni uşak olduğunu, beyefendinin saat onda gelmesini istediğini söyleyip, Crescenz'den gelişini haber vermesini istedi. Yüzü kireç gibi olan Crescenz, bir an durdu, açtığı parmakları havada kaskatı oldu. Ardından eli, vurulmuş kuş gibi aşağı düştü. "Kendiniz girin içeri," diye tersledi şaşırıp kalan adamı, sonra mutfağa doğru döndü, kapıyı çarparak kapattı.

Uşak eve yerleşti. Evin beyi o günden sonra Crescenz'le konuşmaktan kurtuldu, bütün emirlerini soyluların yanında çalışmış sakin ve yaşlı uşak aracılığıyla iletti kadına. Crescenz evde olup bitenleri öğrenemiyor, her şey bir taşın üzerinden akan dalga gibi onu buz gibi aşıp gidiyordu.

Bu boğucu durum iki hafta sürdü ve Crescenz'i hastalık gibi kemirdi. Kadının yüzü uzadı, kemikleri çıktı ve şakaklarındaki saçlar ansızın ağardı. Hareketleri büsbütün taşlaştı. Neredeyse bütün gün tahta taburesinde hiç konuşmadan oturuyor, boş gözlerle pencereye bakıyordu; eğer çalışıyorsa, bunu öfke patlamasını andıran bir şiddet eylemine dönüştürüyordu.

Bu iki haftanın sonunda uşak bir gün efendisinin odasına girdi; onun âcizane bekleyişinden kendisine çok önemli bir haber vermek istediğini Baron hemen anlamıştı. Uşak, "Tirollü sevimsiz" diye aşağılayıcı bir ad taktığı huysuz yaratığı daha önce de patronuna şikâyet etmiş ve işine son verilmesini önermişti. Ama Baron bir rahatsızlık duymuş olmalı ki, uşağın önerisini duymamış gibi davranmıştı önce. O gün reverans yaparak geri çekilen uşak bu defa düşüncesinde ısrar etti; yüzünde tuhaf, hatta mahcup bir ifadeyle kekeleyerek ağzındaki baklayı çıkardı sonunda, beyefendinin söyleyeceklerini gülünç bulmamasını rica etti, ama... ama başka... başka türlü anlatamazdı... kadından *korkuyordu.* Bu içine kapanık, hain şey dayanılmaz biriydi, Sayın Baron'un evinde nasıl tehlikeli birini barındırdığından haberi yoktu.

Uyarılan Baron elinde olmadan irkildi. Uşağa ne demek istediğini, neyi kastettiğini sordu. Uşak bunun üzerine iddiasını yumuşattı, belli bir örnek gösteremezdi ama, bu kişinin azgın bir hayvan olduğunu, birine kolayca zarar verebileceğini düşünüyordu. Dün kadına bir talimat vermek üzere arkasını döndüğünde hiç ummadığı bir bakışını yakalamıştı, tamam, bir bakış için fazla bir şey söylenemezdi, ama kadın sanki boğazına atılacakmış gibi bakıyordu. İşte o andan beri kadından ürküyordu, evet onun hazırladığı yemeklere elini sürmeye korkuyordu. Sözlerini, "Sayın Baron, onun ne derece tehlikeli biri olduğunu bilmiyorsunuz," diye bitirdi, "konuşmuyor, hiçbir açıklamada bulunmuyor, ama bence cinayet işleyebilecek biri o." Baron, kadını suçlayan uşağa korku dolu gözlerle dik dik baktı. Belli bir şey mi duymuştu? Biri kuşkulandığını mı söylemişti? Parmaklarının titremeye başladığını hissetti, heyecanı ellerinden belli olmasın diye purosunu aceleyle bıraktı. Ama yaşlı adamın yüzü saf ve temizdi – hayır, bir şey biliyor olamazdı. Baron duraksadı. Sonra ne yapmak istediğini çarçabuk bulup toparladı ve kararını verdi: "Şimdilik bekle. Ama saygısız bir hareketini daha görürsen benim adıma işine son ver."

Uşak eğilip selam verdi, Baron da kurtulduğunu hissedip uzaklaştı. Bu gizemli, tehlikeli yaratığı her anımsadığında günü kararıyordu. En iyisi, kendisi yokken, örneğin Noel'de bu işin halledilmesiydi; kadından kurtulacağını düşünmek bile ruhuna iyi geliyordu. Evet, en iyisi bu, Noel'de, ben yokken, diye düşüncesini doğruladı.

Ama hemen ertesi gün, Baron sofradan kalkıp odasına henüz girdiği sırada kapı çalındı. Baron gazetesinden dalgın dalgın başını kaldırdı, homurdanarak, "Gir!" dedi. Düşlerinde dolanıp duran o nefret ettiği sert adımlar sürünerek odaya girdi. Baron irkildi: Kemik içinde kalmış sapsarı solgun surat sıska ve kara bedenin tepesinde kurukafa gibi titriyordu. Bu büsbütün kendi içine kapanmış yaratığın ürkek adımlarının halının kenarında ezikçe durduğunu görünce, adamın duyduğu dehşete az da olsa acıma karıştı. Sersemlediğini gizlemek için kadına iyi niyetle yaklaşıyormuş gibi yaptı. "Ee, ne var, Crescenz?" diye sordu. Ama sesi amaçladığı gibi dostane ve sevimli çıkmamıştı, istemediği halde mesafeli ve kızgındı.

Crescenz kımıldamadı. Gözlerini halıya dikmişti. Sonunda, tıpkı bir şeyi tekmeler gibi, "Uşak söyledi," deyiverdi, "beyefendinin işime son verdiğini söyledi."

Baron ayağa kalktı, rahatsız olmuştu. Bu işin bu kadar hızlı gelişeceğini ummamıştı. Böylece kekeleyerek bir şeyler anlatmaya başladı, aslında uşağın bu kadar sert şeyler söylemek istememiş olacağını, Crescenz'in öteki çalışanlarla iyi geçinmeye bakmasını ve aklına o an gelen benzeri şeyler söyledi.

Ama Crescenz omuzlarını kaldırmış öylece duruyor, halıyı gözleriyle adeta oyuyordu. Amansız bir inatla başını boğalar gibi eğmiş, Baron'un nazik sözlerinin hiçbirine kulak asmıyor, adamın ağzından bir türlü çıkmayan tek bir sözcüğü bekliyordu. Bir hizmetçinin karşısında oynamak zorunda kaldığı küçük düşürücü geveze rolünden Baron sonunda rahatsızlık ve yorgunluk duyup susunca, kadın keçi inadını sürdürüp ağzını açmadı. Sonra asi bir tonda dudaklarından şu sözler dökülüverdi: "Bir tek şeyi bilmek istiyorum, işime son vermesi için Anton'u Sayın Baron mu görevlendirdiler?"

Bu sözler ağzından sert, kızgın ve zorbaca çıkmıştı. Sinirleri zaten gerilmiş olan adam, bunun üzerine yumruk yemiş gibi oldu. Tehdit miydi bu? Kadın ona meydan mı okuyordu? Ve adamın bütün cesaretsizliği ve acıma duygusu bir anda uçup gitti. Haftalardır içinde birikmiş olan kin ve tiksinti alevlendi, bu işe bir son verme arzusuyla birleşti. Ve ansızın tavrını tamamen değiştirdi, bakanlıkta öğrendiği soğuk nesnelliğe bürünüp, umursamaz bir tavırla tasdik etti; evet, evet, doğruydu, evin idaresiyle ilgili bütün konularda uşağa tam yetkiyi kendisi vermişti. Kendisi şahsen kadının iyiliğini istiyordu ve işten çıkarılması kararının geri alınması için elinden geleni tabii yapacaktı. Gelgelelim kadın uşakla dostane bir ilişki sürdürmeye bundan sonra da direnirse o zaman Baron kendisinden hizmet almaktan vazgeçmek zorunda kalacaktı.

Ve son sözleri söylerken bütün iradesini topladı, gizli bir ima ya da sırnaşıklık karşısında çekinip geri adım atmamak için kararlı bir tavırla bakışlarını kendisini sözüm ona tehdit eden kadına çevirdi ve ona dik dik baktı.

Ama Crescenz'in şimdi ürkekçe yerden kaldırdığı bakışları, hemen önündeki çalılıkların arasından, kendisini kovalayan sürüyü fark eden ağır yaralı bir hayvanınkine benziyordu. "Sağ olun..." diyebildi zayıf bir sesle. "Giderim ben... muhterem beyefendiye yük olmak istemem..."

Ve ağır ağır, hiç arkasına dönüp bakmadan, omuzlarını düşürüp, odun gibi kaskatı adımlarını sürüyerek kapıdan çıkıp gitti.

Baron o akşam opera dönüşü çalışma masasının üzerindeki yeni gelen mektuplara bakarken tanımadığı dört köşeli bir şey fark etti. Işığı açınca bunun köylü işi ahşap oyma bir kutu olduğunu anladı. Kutu kilitli değildi, Crescenz'e bir zamanlar verdiği bütün ufak tefek şeyler büyük bir titizlikle istiflenmişti içine: Avdan gönderilmiş birkaç kartpostal, iki tiyatro bileti, bir gümüş yüzük, kadının biriktirip üst üste yığdığı banknotlar ve bir de yirmi yıl önce Tirol'de çekilmiş bir fotoğraf; bu fotoğrafta Crescenz'in belli ki flaş ışığından ürkmüş gözlerinde, birkaç saat önce yaşanan vedalaşma sırasındaki aynı rencide olmuş ve dayak yemiş ifade vardı.

Baron, ne yapacağını tam olarak kestiremeden kutuyu kenara itip dışarı çıktı, uşağa Crescenz'in eşyalarının çalışma masasının üzerinde ne aradığını sordu. Uşak, hesap vermesi için düşmanını hemen getirmeye gitti. Gelgelelim Crescenz'i ne mutfakta ne de odalarda bulabildi. Ertesi gün polis raporlarında kırk yaşlarındaki bir kadının Tuna nehri köprüsünden atlayarak intihar ettiği yer alınca, Baron'un ve uşağın Leporella'nın nereye kaybolduğunu merak etmelerine artık gerek kalmamıştı.

Nişan

Savaşın hüküm sürdüğü 1810 yılıydı. Katalonya'nın ordu yolundan kalkmış yanık kokan muazzam bir toz bulutu İspanyolların ateşli bir şekilde savunduğu, Fransızların ise aralıksız saldırdığı Hostalric'e doğru döne döne savruldu. Arada sırada ani olarak çıkan miskin bir esintinin araladığı beyaz sis örtüsünün ardında ağır arabalar, ayrı gruplar halinde dizilmiş askerler, ayaklarını sürüyerek ilerleyen bitkin atlar gölge misali beliriyordu; deneyimli bir albayın birliğiyle koruduğu bir erzak konvoyuydu bu. Beyaz yol, dalga dalga dizilmiş tepelerin balçıklı toprağı içinden yukarı doğru sürünürcesine kıvrılarak, eğri büğrü ilerliyor, batmakta olan akşam güneşinin kızıl bir çerçeve içine aldığı, mor alevler saçan koruluğa ulaşmaya çalışıyordu. Derken toz bulutu, gıcırtılar çıkaran konvoyu sessizce bekleyen ağaçların karanlığına doğru ağır ağır aktı.

Karanlığın içinden ansızın füze gibi bir kurşun atıldı. Belli ki bir işaretti. Bir saniye sonra, kuşatılmış konvoy korkunç bir yaylım ateşine tutuldu. Askerler henüz tüfeklerine davranma fırsatı bile bulamadan sağa sola yuvarlanmaya başladılar; ürken atlar kişneyerek yukarı doğru öyle bir koştular ki arabalar takla attı ya da boğuk çarpma sesiyle birbirine girdi. Albay durumu bir bakışta kavramıştı; direnmek çılgınlık, kaçmak tehlikeli olurdu. Haykırışı, gürültüyü trompet sesi gibi bastırdı. Nakliyeyi ve yaralıları düşmana bırakıp, yandan saldırmayı emretti. Davul, küçük trampetçinin heyecandan titreyen ellerinde tutkuyla takırdıyordu; Fransızlar dağılarak, çılgınca ve karşı konulamaz bir şekilde yolun sol tarafı üzerinden ormana daldılar; ormandaki ağaçlar tuhaf hareketler yapmaya başlamıştı. Alışkın olmadıkları yükün altında sallanıp duran ağaç tepelerinden yıldırımlar art arda iniyor, karanlık siluetler siyah yılanlar gibi dallardan süzülüyor, öfkeyle sallanan dallardan bazen de kocaman bir meyve gibi boğuk bir gürültüyle insan kütleleri düşüyordu yere. Çalılıklar arasında büzülüp oturmuş İspanyollar, tepedeki ağaçsız alana varmak için çaresizce hızla öne doğru atılan Fransızların karanlığa körü körüne daldırdıkları süngülerinden kaçıyorlardı. Bu esnada boğuk kurşun ve çığlık sesleri yayılarak geliyor, ürkütücü yankılarla sönüyordu. Hepsinin önünden elinde tabancası ve kılıcıyla albay koşuyordu. Kolunu dimdik havaya kaldırdığı anda eli kasıldı. Ayağı köklere dolandı ve başını bir ağaca öyle şiddetli çarptı ki, boş bakışlarla bir çalılığın dibine yuvarlandı, çalılığın dalları hızla üzerine kapandı. Çatışma, onun bayılmasına aldırmaksızın bütün hızıyla sürüp gidiyordu.

Albay gözlerini açtığında karanlığın ve sessizliğin içinde tek başına yatıyordu. Başının üstündeki dallar akşam karanlığının çöktüğü gökyüzüne doğru sallanarak uzanıyor, havayı boğuk bir uğultuyla dolduruyordu. Albay başını kaldırmak istediği sırada dudaklarının kanlı olduğunu hissetti. Yere çakıldığı sırada dalların yüzünde bıraktığı çizikleri eliyle yokladı ama düşünceleri bulanıktı. Derken belleği hızla canlandı. Koşum vurulmuş atların ve dönmeyi sürdüren tekerleklerin karışık gürültüsünü rüzgâr saldırının gerçekleştiği noktadan belli belirsiz taşıyor, sesler gitgide uzaktan, daha uzaktan geliyordu. Galip gerilla çetesi anlaşılan ganimetlerini kaçırıyordu. İlk anımsamaya boğucu bir acı karışmıştı bile: Albay, kararın ellerinden bütünüyle kayıp gittiğini ve artık yalnızca rastlantıya bağlı olduğunu duyumsadı. Hiç bilmediği bir ormanda, düşman topraklarında yapayalnızdı. Kılıcının ışıldaması, çalılıklardan bir hışırtı duyulması onu ele verebilir, isyancıların işkencelerine savunmasız maruz kalacak bir ava dönüştürebilirdi. Çünkü Augereau yollara darağaçları kurdurduğundan ve İspanyollar hüküm giymeden vurulduklarından beri, Fransızlar terk edilmiş köylerde dehşet verici öç manzaralarıyla karşılaşıyorlardı; askerlerin ağır ateşte yakılıp kömürleşmiş cesetleri, kazığa oturtulmuş esirlerin çürümeye yüz tutmuş cansız bedenleri, çekilmiş işkencelerin ve hayvanca zulmün korkunç görüntüleriydi bunlar. Bütün bunlar albayın beyninde şimşek gibi çaktı; öyle hızlı, öyle keskin oldu ki bu, adam ateşler içinde sarsılırcasına titredi. Çevresini sarıp onu esir alan felaket ormanı gitgide kararan uğulduyordu şimdi.

Albay, alınabilecek çılgın bir kararı beyninde bastırarak düşündü. Tek mümkün olan kaçmaktı, koruluktan gece vakti kaçmak; ya Hostalric yönünde ya da Fransız birliklerine rastlayıncaya kadar yolu geri giderek kaçmak. Hazin çaresizliğini düşünmek yüreğini yaksa da ne pahasına olursa olsun kaçacağını hissediyordu. Ağaçların tepesinden sızan solgun ışık onu uyuşukluğa mahkûm ediyordu henüz. Dudaklarını ısırarak ve yanan gözlerle çalıların altında hareketsizce yatıp beklemesi gerekiyordu; mehtabın, akşamın sisleri arasından yeşilimsi ışıltılarla çıkıp, göğe doğru süzülmesini beklemeliydi; toprağın her sarsıntısına, havanın her titreşimine, ormanın derinliklerinden gelecek her kuş sesine, akşam esintisiyle sallanan dalların her iç çekişine kulak vermeliydi. Mısır'ın bitmek bilmeyen gecelerini, kükürt sarısına bürünmüş, sonsuz bir suskunluk ve adlandırılamaz tehdit yüklü gökyüzünü anımsamak içini dehşetle doldurdu. Biçare terk edilmişliği bütün ağırlığıyla yüreğine çökmüştü.

Saatler, saatler sonra, ağaçların mehtabın soğuk ışığında buzla örtülüymüş hissini verdiği sırada, albay saldırıya uğradıkları yere dizlerinin üzerinde dikkatle sürünerek dönerken, aslında korkudan değil, onu nelerin beklediğini bilememenin kavurucu ateşinden titriyordu. Kapıldığı heyecan bakımından korkunç bir işkence olan sonsuz bir ihtiyatla, bitkilerin birbirine dolandığı çalıların ve ağaç köklerinin sert ağının arasından el yordamıyla dört ayak üzerinde ilerledi. Bir ağaçtan diğerine ulaşmak ona sonsuz bir süreymiş gibi geldi. Derken karayolu, çevresini saran mahmur karanlığın arasından bir göl gibi parlayarak ışıldadı.

Albay, ıssız yola koşarak dönmek üzere derin bir soluk alıp doğruldu; tabancası elindeydi, kılıcı her zamanki gibi çekilmeye hazırdı. Derken irkildi; tam önünden bir gölge kayıp geçti ve hızla geri döndü. Ardından tekrar gelip gitti; belli belirsizdi ama yine de soğuk bir esinti gibi hissediliyordu.

Albay tabancasına sımsıkı yapıştı ve gözlerini ağaçların karanlığına dikti. Ancak tık yoktu. Ama o gölge yine de yolun çakıl taşlarının arasından ağır ağır ve aralıksız olarak sürünerek geçiyor, sonra huzursuzca ve cansız gibi sönüp yeniden kararıyordu. Saat sarkacı misali bir gidip bir geliyordu, gizemli ve sessizdi, gecenin içinde bir hayalet gibiydi. Albay yoluna soluk soluğa devam etti. Ve gözlerini mehtabın ışığına doğru kaldırdığında ansızın ürperdi.

Başının hemen üzerinde, genç bir mantar meşesinin öne doğru eğilmiş bir dalında çıplak bir ceset sallanıp duruyordu, mehtabın tebeşir gibi bembeyaz parlak ışığında solgun ve feci bir parıltı içindeydi. Yoldaki gölge gibi acelesiz gidip gelmekteydi. Albay dehşetle açılmış gözlerini ağaçtan ağaca çevirdikçe korkunç manzara çoğaldı. Ağaçların tepesindeki karanlığın içine bağlanmış, ürkütücü alacakaranlığın donuk ışığıyla yaladığı ölüler, solgun bedenleri rüzgârda huzursuzca oradan oraya savrulurken hayali hareketler yaparak adeta el sallıyorlardı. Albay, askerlerinin çarpılmış yüzlerine alay edercesine geçirilmiş takkeleri görünce gırtlağında adeta şişen soluğu hırıltıyla çıkabildi. Daha bir gün önce nöbet ateşinin başında şakalaştığı yürekli askerleri, o mert çocukları, şimdi eşkıyalar, haydutlar, İspanyollar yolunup boğulmuş tavuklar gibi asmışlar, sonra kahpece öldürmüş, işkence etmiş, aşağılamış, üzerlerine kusmuşlardı! Albay öfkeden yalpalayarak ayağa fırladı, bir şeyler yapabilmek için içinde kabaran çılgınca istekle ağaçların sert gövdelerini yumrukladı. Dişlerini birbirine geçirdi, kökleri koparıp ezdi, çaresizliğinin verdiği acıyla sarsılarak kendini yeniden yere attı; bir şeyler yapmak, haykırmak, vurmak, birilerinin gırtlağını sıkıp canını almak için yanıp tutuşuyordu. İçinde acı dolu müthiş bir baskı, öfke ve çaresizliğin harlı alevi vardı. Bu arada yolun üzerindeki gölgeler ve ormandaki boğuk uğultu tekrarlanıp duruyordu. Albay yıllardan beri ilk kez gözlerinin akan yaşlardan yandığını hissetti; onu bu canilerin, ölülere azap çektirenlerin ülkesine yolladığı için Napoléon'un adı dudaklarından ilk kez lanetle döküldü. Ve laneti akıl almaz, ateşli bir öfkeye dönüştü, ellerinde ateş gibi kabarıp büyüdü.

Derken ansızın bir gürültü duydu. Bir ayak sesi... Bekleyişle dolu bir saniyeye kan ve soluk, humma ve öfke, düşünce ve bilinç hücum etti. Ve gerçekten de hızla yaklaşan adım sesiydi duyduğu. Derken ağaçların arasında, yolun kıvrılarak ormana girdiği noktada bir karaltı belirdi. Albay bekleyiş içinde içgüdüsel olarak karanlığın koynuna büzülüp oturdu, silahlarını hırsla sıktı; mehtabın hafif parıltısında gözleri bir İspanyol'u seçince göğsü boğuk ve heyecanlı bir solukla sıkıştı. Bir ulaktı belki bu, bir çoban, bir yağmacı, bir kaçak, bir köylü, bir dilenci belki yalnızca – ancak albayın elleri ateş gibi yanıyor ve titriyordu: İspanyol'du o, katildi, alçaktı. Hiddeti ve iradesi heyecanla aynı hedefte buluşuyordu. Pusuda bekledi ve koşarak gelen İspanyol'un bir adım öne geçmesini sağladı, sonra öfkeli boğuk bir çığlıkla şaşkın adamın üzerine atladı, sol elini kasarak adamı boğazından yakaladı ve adamın dehşet dolu çığlığını parmaklarıyla bastırdı. Ve can havliyle dışarı fırlamış gözler karşısında bir an büyük bir zevkle duraksadıktan sonra kılıcını kurbanının sırtına sapladı; bunu önce ağır ağır, zalimce ve bilinçli bir şekilde tadını çıkararak yaptı. Ardından kabaran öfkesiyle kılıcını tekrar tekrar ve gitgide hızlanarak adamın sırtına ve gırtlağına daldırdı, hareketleri şiddetlendikçe şiddetlendi, öyle ki savrulurken kayan kılıç sonunda kendi eline battı. Duyduğu acı ve ılık kanın elinden süzülmesi gözü dönmüş albayı kendine getirdi. Tiksinircesine iterek kendinden uzaklaştırdığı ceset, daireler çizerek çukura doğru yalpaladı ve boğuk bir çarpma sesi çıkararak içine yuvarlandı.

Albay ardından gecenin serin havasını tek bir solukta derin derin içine çekti. Kendini müthiş özgür hissediyordu şimdi. Öfkesi, korkusu, kaygısı, pişmanlığı, kızgınlığı kalmamıştı artık; tek duyumsadığı dudaklarına dokunan serin, çok serin, mehtabın serinlettiği, hafif bir meltemle dalgalanan yoğun havaydı şimdi. Uzuvları yeniden güç ve cesaretle doldu, aklını hızla topladı: Dimdik doğruldu, kendini yeniden Napoléon'un albayı olarak hissetti. Düşünceleri sakin ve emin bir biçimde geçmişten geleceğe yöneldi. Aceleci davranıp kör bir öfkeyle öldürdüğü adamın cesedi onu ele verirdi, bunu açıkça kavramıştı. Albay, ölünün hortlamış gibi zayıf ay ışığında adeta hareket eden çarpılmış yüzü üzerine eğilince, donuk gözler ürkütücü bir ifadeyle ona dik dik baktı. Ancak albay ne korku ne de pişmanlık duydu, hatta anlık bir ürpertiyle bile sarsılmadı. Cesedi korkusuzca tuttu, zoraki bükülen çalılıklar arasından sürükleyerek kendisinin gizlendiği yere doğru çekti ve ağır bedeni ağaçların arasına savurdu. Rahat bir nefes aldı. Artık bedeni heyecanla sarsılmıyordu, gelgelelim üzerine ağır bir yorgunluk çökmeye başlamıştı; yaşadığı onca korkunç saatin getirdiği bir gevşemeydi bu. Tan vakti yakın olmalıydı çünkü mehtabın çalılıklara vurduğu ışık zayıflamıştı artık. Böylece geç kaldığını düşünüp kaçma planından vazgeçti. Ve yeni olasılıklar üzerinde durmadan, bastıran uykuya teslim olup cesetten hemen iki adım ötede kendini yere bıraktı. Tıpkı İtalya ve Avusturya'daki savaş alanlarında ölümün ıssızlığında yaptığı gibi derin ve ağır bir uykuya daldı.

Albay bu dehşet gecesinden bulutlu sabahın sarı ışığında uyandı, sabah ayazında titredi ve boğazı yakıcı baskıdan daralırken ümitsiz durumu düşündü. Asker olduğu açıkça anlaşılıyordu, buranın dilini bilmiyordu, dolayısıyla onu kapkara sarmalayan bu ormandan tek bir adım bile atmayı göze alamazdı. Yine beklemek zorundaydı, hiçbir şey yapmadan akşama kadar beklemek, olağanüstü ve ihtimal dışı bir şeyi, Fransız birliklerinin oradan geçmesini umut etmek zorundaydı. Bir kemirgen gibi ağır ağır, huzursuzluk ve ıstırap veren başka bir ses yükseldi içinden: Açlık, bağırsaklarını parça parça ediyordu. Ve susuzluk dudaklarını kavurmuştu. Istırap dolu bir gün başlıyordu; çekip kopardığı köklerden emdiği toprak rutubeti gibi yakıcı düşünceler beynini deliyordu. Her şeye son verebilecek olan dolu tabancasıyla huzursuzca oynadı. Parmağını tetiğe götürmesini engelleyen tek şey, gururuydu; bir ormanda boşuna, savaşmadan, birliklerinden uzak bir halde hayvanlar gibi geberip gitmenin vereceği acıydı. Boğucu acılar içinde ona sonsuzmuş gibi gelen saatler boyunca, sabahtan akşama kadar hiç kalkmadan öylece yattı. Çevresindeki yaşam, onunla alay edercesine tekdüze akışını sürdürüyordu: Bazen yoldan geçenlerin çıkardığı kısa süreli gürültüler korkunç ıssızlığı bir an için bile olsa dağıtıyor, ama ardından yalnızca rüzgârın uğultusu ve dalların çıtırtısıyla dolu saatler geliyordu yine. Görülmez hapishanenin parmaklıklarını sökmek için yaklaşan kimse yoktu. Savaş meydanında yaralanmış, bomboş gökyüzüne bakıp inleyen biri gibi yatıyor, yükselmekte olan güneşin altında rutubetli olmasına karşın için için kavrulan ormanda dermansız elleri ve ateş içinde yanan alnıyla öylece uzanıyordu.

Müthiş işkencelerle geçen saatlerin ardından güneş ışınları sonunda yandan vurmaya başlamıştı. Akşamın olmasıyla birlikte albay çaresizlik içinde bir karar kaldı. Giysilerini ani bir hareketle bedeninden sıyırıp karanlığın içine fırlattı. Sonra, öldürdüğü İspanyol'un cansız bedeninin yüzükoyun uzandığı yaprak yığınlarını eliyle yokladı, cesedi kaldırdı ve üzerindeki giysileri tek tek aldı, ölünün kasılmış elinde tuttuğu kanlı mantilla şalını sertçe çekti. Son ve değişmez kararının peşinde ve zerre kadar ürkmeden İspanyol'un giysilerini üzerine giydi, geniş ve hâlâ ıslak kan lekesiyle bezeli pelerini sırtına attı. Bu vaziyette kaçmak, ekmeğini dilenmek istiyordu; bedenini parçalayan, gırtlağını sıkan koru dindirmek, bu dehşet ağından, bu ölüm ormanından kurtulmak istiyordu. İnsanlar arasına karışmak, artık hayvanlar gibi cesetler arasında yaşamamak, korku ve açlıktan boğulmamak, bedelini onuruyla ödeyecek bile olsa alayına, imparatoruna dönmek istiyordu. Üniformasını bir ceset gibi terk edilmiş olarak görünce boğazında bir hıçkırık düğümlendi; tıpkı anneyle çocuk gibi onun varlığıyla bütünleşmiş olan bu üniformayı yirmi savaş boyunca taşımıştı. Gelgelelim çektiği açlık onu yola, karanlığa doğru itti. Vedalaşmak üzere son kez arkasına dönüp baktığında gözyaşlarının parıltılı örtüsü ardından bir gözünkini andıran bir ışıltı görür gibi oldu. Napoléon'un savaş meydanında ona bizzat taktığı nişandı bu. Burada bırakamazdı onu. Nişanı kanlı hançeriyle kesip çıkardı ve cebine koydu. Sonra yürüdü, öne doğru atıldı, koştu, aceleyle yola doğru ilerledi.

Biliyordu, koruluktan bir mil kadar ötede küçük, ıssız bir köy vardı. Bölüğü orada mola vermişti; açlığı içini kemirirken ve kanı şakaklarını zonklatırken atlara su içirdikleri meydandaki yuvarlak fıskiyeyi anımsadı. İspanyolların karanlık yüzleri, hainlerin güçlükle bastırdıkları alaylı ifadeleri de belleğinde canlanmıştı, ama her şey tek bir duyguda, duyduğu açlıkta sönüp gidiyordu. Yüzünü şapkanın ardına gizleyip, karanlığın çökmeye başladığı anayolda sendeler gibi aşağıya doğru koşturdu, koştukça koştu; kabaran açlığını koşarken bastırabilmek için ta ki karanlığın şekillendiğini, daracık ve iç içe geçmiş evlerin çökmekte olan akşam bulutlarının arasından sıyrıldıklarını görünceye kadar soluk soluğa koştu. Meydana doğru el yordamıyla ilerledi ve önce köpürerek fışkıran suyu gırtlağına akıttı, ellerini ve alev alev yanan alnını hırsla serin suya daldırdı. Onca saatten sonra bir anlık da olsa içini bir rahatlama hissi kapladı. Ancak midesine yumruk gibi oturmuş açlık hemen ardından bedenine yayılınca, albayı ilk karşısına çıkan kapıya doğru itti. Çürümüş kapıyı huzursuzca tıklattı albay. Sararmış yüzü kırış kırış olmuş yaşlı bir kadın kapıyı yarı aralayıp ona hain ve kuşkulu gözlerle baktı. Albay dilsizlerin dilinde dudaklarını gösterip yalvarırcasına bir hareket yaptı. Asker yüreği o anda ölmüş, tepedeki ormana kılıcı ve üniformasıyla birlikte gömülmüştü. Kadın reddeden bir ifadeyle dönüp kapıyı kapamaya yeltendi. Ancak zeytinyağlı yemeklerin evden yayılan kokusundan ve yanık kokulu buharından adeta başı dönen açlık içindeki albay, çıldırtıcı arzusuyla artık bir hayvanı andırıyordu ve onuru bir yana bırakıp, dehşet içinde geri çekilen kadına yalvarmak için onu kolundan yakaladı. Gözlerinde çılgınlığın parlak alevi yanıp söndü. O sırada kadın yanıt vermek yerine evine zorla girmeye çalışan adamın alnına doğru ağır kapıyı öyle bir çarptı ki, albay sersemleyip geriye doğru sendeledi. Dudaklarından Fransızca ağır bir küfür döküldü ve korkuyla çevresine bakındı. Neyse ki onu duyan olmamıştı, hâlâ sağır dilsiz rolü yaparak dilenebilecekti. Ve yaptı bunu; yüreği yanarak kapı kapı dolaştı ve sonunda avucunda sarı buğdaydan yapılmış birkaç lokma ekmek ve beş altı zeytin tanesi vardı. Açgözlülükle hepsini ağzına tıktı; donuk bakışlar ve çarpılmış yüz hatlarıyla hayvanlar gibi yemeye koyuldu, açlığını, tiksintisini, utancını boğazındakilerle birlikte yuttu. Köyün en sonundaki siyah kulübenin önünden daha geçmeden elleri bomboş kalmıştı bile.

Gecenin gölgeleri çevresinde yükselirken o korkunç soru yine içini sardı. Nereye gidecekti şimdi? Kaçıp, birliğinin gittiği yola dönmek istemişti aslında. Ama şimdi bacakları kurşun gibiydi. Bütün gücünü yitirmişti. Üzerinde bir yabancının giysilerini taşıdığından ve kapı kapı dolaşarak dilendiğinden beri cesareti ve girişkenliği yitip gitmişti, yaşama arzusu tümüyle sönmüş, kaybolmuştu. Üzerine ağır bir uyuşukluk çökmüştü. Ve farkında olmadan ayakları onu istem dışı ormana doğru sürükledi; bu orman onu esir almış, gizemli bir güçle elinde tutuyor, kendine doğru çekiyordu adeta. Bir zamanlar askerleriyle birlikte neşe içinde ve tasasızca yürüdüğü yol onu yeniden ormana, ölümün onlara pusu kurduğu, ürkütücü bir şekilde hışırdayan kapkara dalların arasında asılı durduğu o ormana çıkardı yeniden. Ancak düşteymiş gibi oraya itiliyordu albay. Dinlenme, bolca dinlenme, dinlenmenin uyuşukluğunda sönüp gitme ihtiyacı onu karşı konulamaz bir biçimde ormanın karanlıklarına çekiyordu. Yamacı yorgun argın tırmandı ve hiçbir şey düşünüp hissetmeden kendini hemen yolun kenarındaki karanlığın içine bıraktı. Daha fazla ilerlemeye cesareti yoktu, çünkü ölünün gözlerinden kaçıyordu; kanlı bir paçavraya dönüşmüş halde karanlıkta alay edercesine duran kendi üniformasını görmek, bu işaretlerden ölümün sezgisini algılamak istemiyordu. Cebindeki onur nişanını bir papaz gibi inançla sımsıkı kavradı. Bu onun sevinç çığlığı, feryadı, umuduydu.

Ve yeniden bir gece başladı; ikinci, korkunç bir gece, soğuk yıldızlarla bezeli mehtaplı bir gece; açık ve sonsuz bir sessizliğe gömülmüş gök kubbenin ıssızlığında ağır bir yalnızlık içinde inen gece. Albay alev alev yanan, çılgın gibi bakan yaşları kurumuş gözlerini, anlamsız karanlığa doğru bembeyaz uzanan yola dikti. Bu yoldan ne gelebilirdi? Umut mu, kurtuluş mu, arkadaşları mı? Onu alacak bir posta arabası mı, Fransız birlikleri mi? Ancak bu düşüncelerin hepsi karmakarışık bir halde o büyük yorgunluğun içine hızla çöküp, yaprakların hüzün verici uğultularıyla, yıldızların uzaklarda titreyen parıltısıyla ve ayın kayıp giden huzmeleriyle birleşti. Albay bu ıssız ormanda bir mezarın içinde yatar gibi dinleniyordu şimdi.

Sabahın erken saatlerinde kulakları tırmalayan bir sesle uyandı. Bunu bir kuş sesi sanıp uykulu gözlerini sabahın ağ gibi yayılmış puslu örtüsüne dikti. Ama o sesi tekrar duydu – kâbus değil miydi bu gördüğü? Hayır, yakınlardaki birliklerden gelen son derece keskin, çok aşikâr bir boru sesi, trampet sesiydi.

Kanı ansızın dondu. Gelenler Fransızlar, arkadaşları, kurtarıcıları mıydı yoksa? Her şeye karşın yaşama geri mi dönecekti? Tarifsiz, çılgınca bir sevinç çığlığı boğazında düğümlendi. Ayağa fırladı –Fransız askerlerinden oluşan birlikler dağınık sıralar halinde yoldan doğru geliyorlardı işte, adamların kasketlerini, kılıçlarını, bayraklarını, toplarını gördü. Anlaşılan Hostalric'e giden bir yardım birliğiydi bu.

Albay işte o anda kendini bıraktı, attığı sevinç çığlıkları aklını başından aldı. Yazgısını, tehlikeyi, üzerindeki tebdili kıyafeti unuttu ve çılgınca bir telaşla kurtarıcılarına doğru düşe kalka koştu; bir elinde tabancasını tutuyor, diğeriyle şalını sallayıp onları selamlıyordu. Derken bir çığlık, vahşice bir çığlık delip geçti sabahı; içinde korku, ıstırap ve çaresizliğin feryatlarını barındırıyor, havayı insanüstü haykırışla dolduruyordu.

Albay kendini bu halde ağaçsız alana attığı sırada kaçınılmaz şey oldu. İki, dört, on kurşun –tam bir yaylım ateşiydi bu– sözde İspanyol'un üzerine takır takır yağdı. Albay deli gibi koşarken öne doğru sendeledi, duraksadı, sallandı ve kanlar içinde yere yığıldı. Tabur hemen bir araya toplandı. Muhtemelen bir saldırı olacaktı; her yer komutlarla çınladı, trampetler çalındı. Ardından derin bir sessizlik oldu. Her şey hazırdı, öylece duruluyor, soluklar tutulmuş bekleniyordu. Ama görünürde düşman yoktu, keskin nişancı öncülerden de böyle bir bilgi gelmemişti. Bunun üzerine askerler yeniden dağıldılar. Düştükleri yanılgı üzerinde hiç durmadan –öyle ya vurdukları bir İspanyol'du sonuçta– silahlarını omuzladılar ve doğru ormanın içine dalıp, Hostalric'e doğru yürümeye başladılar.

Askerlerden yalnızca birkaçı cesedi yağmalamak üzere sıradan çıkmıştı. Can çekişen adamın çıkardığı belli belirsiz hırıltılara aldırmadan giysilerini parçalayıp ceplerini karıştırdılar. Kanlı paçavralardan birinin içinde kayıp albayın onur madalyasını bulunca tarifsiz bir öfkeye kapıldılar. Napoléon'un nişanı bir İspanyol haydudun cebindeydi, öyle mi! Şiddetli dipçik darbeleriyle sözde katilin beynini dağıttılar, çıplak bedenini kör bir öfkeyle yumruklayıp, küfürler ederek tekmelediler. Ardından zavallının cesedini öylesine şiddetli bir hamleyle tarlaya savurdular ki, havayı kollarıyla korkunç bir şekilde yaran albay, iki yana açılmış uzuvlarıyla parlak dev bir haçı andırıp, yanmış kapkara toprak yığınlarının ortasına ışık saçarak düştü.

Leman Gölü Kıyısında Olay

Leman gölü kıyısında, Villeneuve adlı İsviçre kasabası yakınlarında, 1918 yılının bir yaz gecesi sandalının küreklerini çekerek göle açılmış bir balıkçı suyun ortasında tuhaf bir şey fark etmiş, yaklaştıkça bunun gevşekçe tutturulmuş kalaslardan bir araya getirilmiş bir taşıt olduğunu anlamıştı, çünkü çıplak bir adam kürek niyetine kullandığı bir tahtayla beceriksiz hareketler yaparak taşıtı sularda ilerletmeye çalışıyordu. Balıkçı, yönünü şaşkınlık içinde oraya doğru çevirdi, bitkin düşmüş adamı sandalına aldı, çıplak bedenini geçici olarak ağlarla örttü, soğuktan tir tir titreyen, sandalın bir köşesine ürkekçe büzülen adamla konuşmaya çalıştı sonra; ancak adam, balıkçınınkine tek bir sözcüğü bile benzemeyen yabancı bir dilde yanıt verdi. Yardımsever balıkçı çok geçmeden uğraşmaktan vazgeçti, ağlarını topladı ve küreklerini suya vura vura çekerek kıyıya doğru yol aldı.

Sabahın ilk ışıklarıyla birlikte kıyının silueti parıldamaya başladıkça çıplak adamın yüzü de aydınlandı; karmakarışık sakalların arasına gömülmüş geniş ağzında çocuksu bir gülümseme belirdi, bir elini kaldırıp karşıyı gösterdi; sorgulayan ama bir yanıyla da emin olmuş bir tarzda dili dolaşarak sürekli bir sözcük söylüyordu; kulağa "Rossiya" gibi çalınan bu sözcük, sandal kıyıya yaklaştıkça daha mutlu bir tını kazanıyordu. Sonunda sandal gıcırdayarak kıyıya çıktı; balıkçının ondan canlı av bekleyen kadın akrabaları balıkçı ağlarına dolanmış çıplak adamı görünce bir zamanlar Nausikaa'nın* hizmetçilerinin yaptığı gibi çığlık atarak kaçıştılar; derken, tuhaf haberin cazibesine kapılan köyün erkekleri ağır ağır toplandılar, köyün namuslu mahkeme kâtibi de çok geçmeden rütbesinin hakkını verip görev sorumluluğuyla onlara katıldı. Kâtip, aldığı eğitimler ve savaş yıllarında edindiği çokça deneyim sayesinde adamın Fransız sahilinden bu tarafa yüzmüş bir asker kaçağı olduğunu hemen anladı; hemen adamın resmi ifadesini almaya hazırlandı, gelgelelim bu zahmetli çabası çok geçmeden değerini ve önemini yitirdi, çünkü çıplak adam (bu arada köyün birkaç sakini adama bir ceket ve çuval bezinden bir pantolon atmıştı) bütün sorulara gitgide daha ürkek ve tedirgin bir ifadeyle soru sorarcasına, "Rossiya? Rossiya?" haykırışını yineleyerek karşılık veriyordu. Başarısızlığa uğradığına biraz sinirlenen kâtip, anlaşılmaması olanaksız el kol hareketleriyle yabancıya arkasından gelmesini emretti ve her yeri sırılsıklam, bacakları çıplak yabancı, üstünden dökülen ceketinin ve pantolonunun içinde – bu arada uyanıp çevresini sarmış olan köyün gençleri tarafından yuhalanarak– belediye binasına götürüldü ve gözaltına alındı. Karşı koymuyor, tek söz etmiyordu, ama yaşadığı düş kırıklığından açık renkli gözleri koyulaşmıştı ve sanki dayak yemekten korkuyormuş gibi geniş omuzlarını büzmüştü.

Balık avında insan yakalandığı haberi bu arada yakınlardaki otellere kadar yayılmış, günleri tekdüzelik içinde geçerken eğlenceli bir olay çıkmasına sevinen bazı kadın ve erkekler vahşi insanı seyretmeye gelmişti. Kadınlardan biri adama bir şekerleme verdi ama adam buna maymunlar gibi kuşkuyla bakıp elini sürmedi. Adamın biri fotoğraflarını çekti; herkes yanında neşeyle konuşup şakalaştı; derken büyük bir otelin, uzun yıllar yurtdışında yaşamış, birçok dil bilen müdürü, iyice korkmuş olan adama sırasıyla Almanca, İtalyanca, İngilizce ve son olarak Rusça sözler söyledi. Korku içindeki adam anadilinin ilk hecesini duyar duymaz sıçradı, saf yüzü-

---

* *Odysseia*'da, Nausikaa hizmetçileriyle ırmak kıyısında çamaşır yıkarken hizmetçiler Odysseus'u kıyıda ilk gördüklerinde onun hırpaniliğinden korkup bağırarak kaçışırlar. Nausikaa daha sonra Odysseus'a âşık olur. (ç.n.)

ne ağzını kulaklarına vardıran geniş bir gülümseme yayıldı ve ansızın bütün hikâyesini kendinden emin bir biçimde ve açık yüreklilikle anlatmaya başladı. Hikâye çok uzun ve karmaşıktı, ayrıntılarını tesadüfen orada bulunan tercüman bile anlayamıyordu; ama bu insanın başına özetle şunlar gelmişti:

Rusya'da savaşmıştı, sonra günün birinde binlerce insanla birlikte vagonlara tıkılmış ve uzaklara götürülmüştü, oradan da gemilere aktarılıp, daha da uzun bir yolculuğa çıkarılmıştı, onun deyimiyle insanın etinin kemiklerini kızartıp yumuşatacak kadar çok sıcak yerlerden geçmişlerdi. Sonunda bilmediği bir yere varmışlardı ve herkes yine vagonlara tıkılmıştı, ardından ansızın bir tepeye saldırmaları istenmişti, oranın hakkında bir şey bilmiyordu çünkü daha en başta bacağına bir kurşun isabet etmişti. Tercüman, konuşmayı ve yanıtları çevirdi ve köylüler, bu firarinin Fransa'daki Rus birliğine bağlı bir asker olduğunu hemen anladılar, bu birlik dünyanın yarısını aşıp Sibirya ve Vladivostok üzerinden Fransız cephesine gönderilmişti; herkes belli bir acıma duygusunun yanı sıra adamı bu tuhaf firara kalkıştıran nedeni merak etmişti. Rus, yarı masum yarı kurnaz bir gülümsemeyle isteyerek anlatmaya başladı: İyileşir iyileşmez hastabakıcılara Rusya'nın nerede olduğunu sormuştu, onlar da güneşin ve yıldızların konumuyla aşağı yukarı aklında tuttuğu aynı yönü göstermişlerdi; böylece gizlice kaçmıştı, geceleri yürümüş, gündüzleri devriyelere yakalanmamak için samanlıklara gizlenmişti. On gün boyunca meyveyle ve dilenerek bulduğu ekmeklerle karnını doyurmuştu, sonunda göle varmıştı. Adamın açıklamalarının bu noktada anlaşılması güçleşti, anlaşılan Baykal Gölü yakınlarında bir yerden gelmişti, karşı kıyıda akşam ışığında oynaşan siluetleri gördükçe oranın Rusya olduğunu düşünmüştü. Her neyse, bir kulübeden iki kalas çalmış, bunların üzerine yüzükoyun yatmış, başka bir tahtayı da kürek olarak kullanarak göle açılmıştı, balıkçı da onu orada bulmuştu. Belirsiz hikâyesini, "Acaba yarın evimde olabilir miyim?" diye ürkekçe noktaladığı sorusu tercüme edilir edilmez, saflığı nedeniyle önce kahkahayla karşılandı, ama çok geçmeden bu kahkaha yerini duygu dolu bir acımaya bıraktı ve oradaki herkes çevresine ürkek ve yakaran bakışlarla bakan adamın cebine bozuk para ya da banknotlar sokuşturdu.

Bu arada Montreux ile yapılan telefon görüşmesinin ardından yüksek rütbeli bir polis memuru gelmiş, o da büyük çabalar harcayarak olayın tutanağını tutmuştu. Çünkü tesadüfen orada bulunan tercümanın yetersiz kaldığının anlaşılmasının yanında, çok geçmeden adamın Batılılar için kavranması olanaksız cahilliği de ortaya çıkmıştı, öyle ki kendi hakkındaki bilgisi adının Boris olduğuyla sınırlıydı ve doğduğu köyle ilgili son derece karmaşık tarifler yapıyordu; örneğin Prens Meçeski'nin köleleri olduklarını (evet köle diyordu, oysa kölelik bir kuşak önce kalkmıştı) ve büyük denizin elli verst* uzağında karısı ve üç çocuğuyla yaşadıklarını söylüyordu. Sonra hakkında verilecek karar görüşülmeye başlandığında, gözlerinde donuk bakışlarla boynunu eğip tartışan adamların ortasında öylece durdu: Kimileri Bern'deki Rus elçiliğine gönderilmesi gerektiğini söylüyor, kimileri de böyle bir önlemin alınması halinde adamın Fransa'ya iade edilmesinden çekiniyordu; polis memuru, adamın firari mi, yoksa evraksız bir yabancı muamelesi mi görmesi gerektiği sorusunun büyük sıkıntı yarattığını açıkladı; köyün belediye kâtibi, özellikle orada yabancı bir boğazı doyurup barındırma fikrine daha başında karşı çıktı. Bir Fransız bağırarak, lanet olası bir kaçak için bunca hikâyeye gerek olmadığını söyleyip, adamın çalışmasını ya da geri yollanmasını istedi; iki kadın hiddetle itiraz edip adamın başına gelen felaketten sorumlu olmadığını, insanları vatanından koparıp başka ülkelere yollamanın suç olduğunu belirtti. Yaşlı bir adam, bir Danimarkalı, araya girip bu insanın sekiz günlük giderlerini karşılayacağını, bu arada resmi makamların elçilikle bir anlaşmaya varması gerektiğini azimle dile getirdi; bu beklenmedik çözüm hem devleti hem de halkı temsil eden tarafları rahatlatmıştı.

Tartışmanın gitgide kızıştığı sırada firarinin ürkek bakışları yavaş yavaş yerden doğrulup otel müdürünün dudakla-

---

* Verst, 1,06 km'ye denk gelen bir Rus ölçü birimi. (ç.n.)

rına takılmıştı; adam biliyordu ki, bunca karmaşanın içinde başına gelecekleri ona anlaşılır biçimde anlatabilecek tek kişi müdürdü. Varlığının yarattığı gürültü patırtıdan bunaldığı belliydi ve gürültülü tartışmanın hızını kesmesiyle birlikte tıpkı azizlerin tabloları önünde kadınların yaptığı gibi ellerini farkında olmadan yakarırcasına müdüre doğru kaldırdı. Bu hareket oradaki herkesi ister istemez duygulandırmıştı. Müdür candan bir tavırla yaklaşıp onu sakinleştirdi; korkmamalıydı, burada bir süre rahatça kalabilirdi, izleyen günlerde otelde ihtiyaçları karşılanacaktı. Rus, elini öpmek isteyince müdür gerileyerek hızla elini çekti. Ardından adamı yandaki binaya götürdü, burası küçük bir köy hanıydı, burada yatabilir ve yiyip içebilirdi; sonra adamı yatıştırmak için ona birkaç tatlı söz daha etti, bir kez daha dostça el sallayıp uzaklaştı ve kendi oteline çıkan yolu tırmanmaya başladı.

Firari hiç kımıldamadan müdürün arkasından baktı; dilini bilen o tek kişi uzaklaştıkça onun önce aydınlanmış olan yüzü yeniden kararıyordu. Müdür tepedeki otele doğru gözden kayboluncaya kadar, onu acı dolu bakışlarla izledi ve tuhaf davranışlarına şaşırıp gülen öteki insanlara hiç aldırmadı. Sonra biri ona acıyarak dokunup hanın yolunu gösterince ağırlaşmış omuzları adeta düştü ve başını eğerek kapıya yöneldi. İçki salonunun kapısını açtılar ona. Hizmetçi kızın üzerine bir kadeh "hoş geldin" brendisi bıraktığı masaya çöktü ve bulanık bakışlarla orada öğleye kadar kımıldamadan oturdu. Köyün çocukları camdan sürekli içeriyi gözetliyor, kahkaha ve çığlıklar atarak adama bir şeyler söylüyor ama o başını kaldırmıyordu. Salona girenler ona merakla bakıyor, ama adam sırtını kamburlaştırmış, bakışlarını masadan ayırmadan, utanarak ve ürkekçe oturuyordu. Öğlen olup yemek vakti gelince salon kalabalık bir grubun kahkahalarıyla doldu; çevresinde anlamadığı yüzlerce sözcük uçuşurken ve yabancılığı korkunç bir biçimde içine işlemiş olarak sağır ve dilsiz gibi bu hareketli ortamın göbeğinde oturan adamın elleri öylesine titriyordu ki kaşığını çorba kâsesinden çıkaramadı. Bir anda yanağından kocaman bir yaş süzülüp masaya damladı. Çekinerek çevresine baktı. İnsanlar ağladığını anlayıp bir anda susmuştu. Ve adam utandı, ağırlaşan bakımsız başı siyah tahtaya doğru eğildikçe eğildi.

Akşama kadar öylece oturdu. İnsanlar girip çıkıyordu; ne adam onları ne de onlar adamı duyumsuyordu: Sobanın gölgesine bir gölge gibi oturmuş, ellerini bütün ağırlığıyla masaya yaslamıştı. Herkes unutmuştu onu ve akşam karanlığında ayağa kalktığını ve bir hayvan gibi ağır adımlarla yukarıdaki otele doğru gittiğini kimse fark etmedi. Beresini tevazu içinde eline sıkıştırmış, kimseyi bakışlarıyla bile rahatsız etmeden bir ya da iki saat orada, kapının önünde bekledi: Derken, otelin ışıl ışıl giriş kapısında ağaç misali kımıldamadan ve kapkara, adeta kök salmış gibi duran bu tuhaf şahıs, komilerden birinin sonunda dikkatini çekti ve çocuk gidip müdürünü çağırdı. Kendi dilinde selam verildiğini duyunca, adamın karanlık yüzü yine biraz aydınlandı.

"Ne istiyorsun, Boris?" diye sordu müdür dostça.

"Kusuruma bakmayın," diye kekeledi firari, "şeyi merak ettim... evime dönebilir miyim?"

"Elbette Boris, elbette dönebilirsin evine," dedi müdür gülümseyerek.

"Yarın olur mu?"

Şimdi karşı taraf da ciddileşmişti. Sözler adamın ağzından öylesine yalvarırcasına dökülmüştü ki, müdürün yüzündeki gülümseme kaybolmuştu.

"Hayır, Boris... henüz değil. Savaş bitmeden olmaz."

"Peki ne zaman? Ne zaman biter savaş?"

"Tanrı bilir onu. Biz insanlar bilemeyiz."

"Daha önce peki? Daha önce gidemez miyim?"

"Hayır, Boris."

"Çok mu sürer?"

"Evet."

"Günlerce mi?"

"Günlerce."

"Ben yine de gideceğim, bayım! Güçlüyüm ben. Yorulmam."

"Ama gidemezsin, Boris. Arada bir sınır var."

"Sınır mı?" Bakışları donuklaşmıştı. Bilmediği bir sözcüktü bu. Sonra yine o tuhaf inadıyla, "Yüzerek geçerim karşıya," dedi.

Müdür gülümser gibi oldu. Ama adama içi acımıştı, yumuşak bir sesle, "Hayır, Boris, olmaz," dedi. "Sınır, yabancı bir ülke demektir. Geçirmezler seni oradan."

"Ama onlara bir şey yapmam ben! Silahımı attım. İsa adına onlara yalvarırsam karımın yanına gitmeme neden izin vermesinler ki?"

Müdür gitgide ciddileşiyordu. İçi acıyla doldu. "Hayır," dedi, "seni geçirmezler, Boris. İnsanlar artık İsa'yı dinlemiyorlar."

"Peki ne yapayım ben, bayım? Kalamam buralarda! İnsanlar beni anlamıyorlar, ben de onları anlamıyorum."

"Öğrenirsin Boris."

"Hayır, bayım," dedi Rus, başını iyice önüne eğerek, "bir şey öğrenemem ben. Ben sadece tarlada çalışırım, başka bir şey bilmem. Ne yaparım ben burada? Evime dönmek istiyorum! Bana yolu göster!"

"Yol yok şimdi, Boris."

"Ama bayım, karımın ve çocuklarımın yanına dönmemi bana yasaklayamazlar ki! Asker değilim artık!"

"Yasaklayabilirler, Boris."

"Çar, peki?" diye ansızın sordu adam, umut ve derin saygıyla titreyerek.

"Çar yok artık, Boris. İndirdiler onu."

"Çar yok mu artık?" Adam müdüre boş boş bakıyordu şimdi. Bakışlarındaki son ışık da söndü ve çok bitkin bir sesle, "Eve dönemiyorum yani?" dedi.

"Henüz değil. Beklemelisin, Boris."

"Çok mu?"

"Bilmiyorum."

Adamın yüzü karanlıkta gitgide hüzünleniyordu. "Çok bekledim zaten! Artık bekleyemem. Yolu göster bana! Denemek istiyorum!"

"Yol yok, Boris. Seni sınırda tutuklarlar. Kal burada, sana bir iş buluruz!"

"Buranın insanları beni anlamıyor, ben de onları anlamıyorum," diye ısrarla tekrarladı adam. "Yaşayamam ben burada! Bana yardım et, bayım!"

"Edemem, Boris."

"Bana İsa aşkına yardım et, bayım! Yardım et, dayanamıyorum artık!"

"Edemem, Boris. Kimse kimseye yardım edemez artık."

Susup karşılıklı bakıştılar. Boris beresini elinde evirip çevirdi. "Madem öyle, beni neden gelip evimden aldılar? Rusya'yı ve Çarı savunmamam gerektiğini söylemişlerdi. Ama Rusya buradan çok uzakta ve sen dedin ki, Çarı... nasıl demiştin?"

"İndirdiler."

"İndirdiler." Adam bir anlam veremeden sözcüğü yineledi. "Şimdi ben ne yapacağım, bayım? Eve gitmeliyim! Çocuklarım beni isteyip duruyordur! Burada yaşayamam ben! Yardım et bana, bayım! Yardım et!"

"Edemem, Boris."

"Başka biri yardım edemez mi peki?"

"Şu an kimse edemez."

Rus, başını önüne daha da eğdi, sonra ansızın boğuk bir sesle, "Sağ ol, bayım," dedi ve arkasını döndü.

Aşağı doğru ağır ağır inmeye başladı. Müdür, uzunca bir süre arkasından baktı, hatta adamın han yoluna değil, göle inen basamaklara yönelmesine şaşırdı. Derin derin içini çekti ve sonra oteldeki işinin başına döndü.

Ne garip rastlantıdır ki, boğulmuş adamın çıplak cesedini ertesi sabah yine aynı balıkçı buldu. Adam, kendisine armağan edilen pantolonu, bereyi ve ceketi özenle sahile bırakmış ve geldiği sulara yeniden dalmıştı. Olayla ilgili bir tutanak hazırlandı, ancak yabancının soyadı bilinmediği için, mezarının başına ucuzundan bir tahta haç konuldu; isimsiz yazgıların üzerinde yer alan, Avrupamızı şimdi baştan başa kaplayan o küçük haçlardan biri...

Avare

Kilise kulesindeki saatin önünden geçerken epeyce geç kalmış olduğunu fark etti. Kolunun altındaki ders kitaplarını daha da sıkıştırıp, rehavet içinde tembelce attığı adımlarını sıklaştırdı. Ama az sonra vazgeçti bundan. Yaz gününün öğle sıcağı onu miskinleştirmişti ve Yunanca dersine zamanında yetişmeyi aslında önemsemiyordu. Boğucu bir hararetin yayıldığı kaldırımda kayıtsızca attığı ağır adımlarla okula doğru ilerlemeyi sürdürdü. Oraya varınca on dakika geciktiğini anladı ve içinden bir an geri dönmek geçti. Gelgelelim o gün masa başında dinlediği sıkıcı aile nasihatlerinin devam edebileceğini düşünmek öylesine tatsız geldi ki, kararlı adımlarla sınıfa doğru yürüyüp sert bir hareketle kapıyı açtı.

Aniden belirmesi bir hareketlenmeye yol açtı. Arkalardan üstünlük taslayan kıkırdamalar duyuldu, ön sıralarda da alaycı ifadeyle gülümseyen yüzler çevrildi ona. Kürsüdeki öğretmen de kendini beğenmiş bir gülümsemeyle bakıp aşağılayan bir tarzda, "Bir kez olsun zamanında gelmeniz bir mucize olurdu, Liebmann," dedi alçak sesle. "Geç kalma konusunda gösterdiğiniz çabadan ve sebattan başka işlerde tamamen yoksunsunuz."

Kıkırdamalar şimdi kalın ve bağırtılı sesler eşliğinde bütün sınıfa yayılmıştı. Herkes dönmüş Liebmann'a bakıyordu.

Liebmann ne bir yanıt verdi ne de yüzünde bir kıpırtı oldu. Ancak keyifle gülen insanların önünden geçip yerine giderken soğukkanlılığını korumakta zorlanıyordu. Bu feci sahneyi ne zaman anımsasa, içi derin bir acı, bastırmaya çalıştığı çılgınca bir öfkeyle yanardı. Kitabını tamamen mekanik hareketlerle açtı, sayfa sayısına bile aldırmadan bakışlarını harflere dikti, ta ki harfler titreşen siyah daireler çizerek önünde dans edene dek dalgın dalgın baktı. Odadaki bütün sözcükler ve sesler beyninde bulanıklaşıp, kulaklarında çirkin bir şekilde çınlayan anlamsız gürültüye dönüştü. Her şeye karşı duyduğu kayıtsızlık üzerine kurşun gibi çökmüştü.

Oturduğu sıranın ön tarafında güneşin çizdiği küçük daireler oynaşmaktaydı. Zıplayan, neşe içinde sevinç çığlıkları atan çocuklar gibi rengârenk dönüyorlardı ve canlı renkler, yumuşacık beyaz eller gibi sıranın üzerinden kayıp gidiyordu. Liebmann bunlara ilgiyle bakıyormuş gibi gözlerini dikse de hiçbirini görmüyordu. Aklı başka yerdeymişçesine hayal dünyasına dalmıştı. Bir akşam önce yine bir rastlantı, yaşamını ayna gibi yüzüne tutmuştu. Dün, elinde ders kitaplarıyla eve giderken akranlarıyla karşılaşmıştı, hepsi üniversite öğrencisi ve teğmendi, onu bir zamanlar çok seven insanlardı bunlar, ancak o hâlâ ağızları süt kokan okul çocuklarının arasında oturduğu ve ruhsuz bir sesle anlatılan şu zırvayı dinlemek zorunda olduğu için ona tuhaf bir küçümsemeyle, sessiz bir kibirle selam vermişlerdi.

Boğazında öfkenin ve çaresizliğin alev alev yanan kahkahasını duyumsadı. Kendini küçük bir çocuk gibi yere atıp hüngür hüngür ağlamadığına şaşırdı adeta. Ya da ayağa fırlayıp bu insanların önünde yere tükürmediğine…

Acısını parçalara bölmeye başlayınca gitgide sakinleşti. Ancak yine en derin ıstırabın verebileceği feci bir soğukkanlılıkla parçaladı acısını. Yazgısıyla böylesine yapayalnız mıydı? Binlerce insanın aynı yazgıyı paylaştığını, yaşamında meydana gelen şeylerin her gün yaşanan bir trajedi olduğunu biliyordu, ama yine de daha önce kimsenin bu acıyı böylesine keskin hissetmediği duygusuna kapılıyordu. Şu dünyada ne çok avare vardı! Ancak en başı, kaldığı o ilk sınavı düşünmek ona sürekli ıstırap veriyordu. Şimdi on adım önünde oturmuş onu dikkate almayan şu öğretmen nasıl bir sorumsuzlukla sınavını geçirmemişti ona; üstünkörü aldığı bir kararla nelere yol açtığını yaşamı boyunca muhtemelen bir dakika, hatta bir saniye bile düşünmemişti hiç. İyiye gitmekte olan bir gelişmeye bir anda engel olunduğunun ve bir yaşamın zorla başka bir yöne itildiğinin belli ki üzerinde durmamıştı. Liebmann, ilk kez bir yılını kaybettiğinde uğradığı o değişimi çok iyi anımsıyordu. Aşırı ancak sonuçsuz çalışma isteği o günlerde ağır ağır zayıflamış, can sıkıcı bir lakaytlığa dönüşmüştü; edebiyata ve sanata duyduğu ilgi ansızın zorla kesilmiş ve bu darbenin acımasızlığını bedeninde en derinden hissetmişti. Çalışma azmi gitgide sönmüş ve zihni verimsiz düşlerin hayal dünyasında yitip gitmişti; bu düşler merkezine daima Liebmann'ı oturtuyor ve güçsüzlüğünden dolayı yaşamında asla erişemediği binlerce biçim ve kazanımla gözünü boyuyordu. O da böylece ağır ağır çökmeye ve avarelik yapmaya başlamıştı. İkinci kez bir yıl daha kaybettiğinde neredeyse hiçbir şey hissetmemiş, ancak çökmeye başladığını ve bunun önüne geçemediğini sezmişti. Yirmi bir yaşında hâlâ lise sıralarında oturuyor olmak, üstesinden gelemediği ve ona her şeyi unutturan tek acıydı. Sürekli olarak geriye bakıp bunun nedenini eşeliyor ve her seferinde tek noktaya, o rastlantıya, yalnızca bir rastlantı sonucu sınavdan kaldığı o güne dönüyordu. Zamanla bu düşünüp taşınmalardan karanlık bir fikir oluşmuştu beyninde; boş ve dayanaksız bir varsayımdı bu, ancak Liebmann'ın bunun bir rastlantı olamayacağı yönündeki hastalıklı ve şiddetli düşüncesinin kesinliğini mühürler nitelikteydi. Öğretmeni gizli bir kin, gizli bir neden yönlendirmiş olmalıydı.

Bu inancın içinde kök salmasıyla birlikte kin, ruhunun en derinlerinden gelen başlıca ses olmuştu.

Öğretmenin yüzüne bakması bile, kabaran bu duyguların şiddetiyle zangır zangır titremesine yetiyordu. Sararmış papaz suratıyla o tepede nasıl da oturuyordu öyle! Kaba saba sesiyle önemsiz ıvır zıvırı nasıl da yalan dolanla, kayıtsızca anlatıyordu; hatasının asla bilincinde olmadan kendinden emin bir ciddiyetle yapıyordu bir de bunu! Hem bu insan ona buyurabilecekti, yaşamı hakkında karar verebilecekti ve *vermişti de* – işte bu düşünce bütün sinirlerini gerip canını acıttı; farkında olmadan bir yumruğunu sıktığını ve kin dolu gözlerini öğretmene diktiğini hissetti.

O sırada öğretmen ona doğru dönüp bakışını yakaladı. Anlaşılan bir şeyin farkında değildi, dudaklarının kenarındaki sert ve aksi ifade keskinleşmişti yalnızca. Kayıtsız bir sesle, "Liebmann, alık alık havayı seyredeceğiniz yerde kitabınıza baksanız ve dersi dinleseniz daha iyi ederdiniz," dedi.

Liebmann irkildi. Adamın eleştirisine katlanmayı düşünmek bile alev alev yanan kızgın bir leke gibiydi. İçi bir anda hırsla doldu. İşte şimdi susamazdı!

"Dersi dinliyordum, sayın öğretmenim!"

"İyi o zaman, Liebmann, o halde söylediklerimi tekrarlayın şimdi."

Sakince söylemişti bunu, hatta bir kastı bile yoktu belki. Ama Liebmann bu sözlerde alçakça bir hainlik sezdi. Ne diyeceğini bilemedi ve dudaklarını sinirle ısırdı. Ancak can sıkıcı bir sezgi uyandı içinde, bu önemsiz olay bir felakete yol açabilirdi; kader, olağan zalim oyununu tekrarlamak istiyor olabilir ve önemsiz bir hiçten kestirilemez sonuçlar doğurabilirdi. Liebmann mutlaka bir şeyler olacağını anlamıştı, çünkü cesaretinin ve çaresizliğinin somut şekillere büründüğünü; binlerce ve binlerce saatte birikmiş kinin, taşmaya hazırlanan geniş bir nehirde birleştiğini hissediyordu. Ama kendine hâlâ hâkimdi, solgun ve titreyen dudaklarla sustu.

Öğretmen birkaç saniye bekledi. Ardından zerre kadar sinirlenmeden, "Demek ki hiçbir şey bilmiyorsunuz ve az önce yalan söylediniz," dedi.

İşte bu, karar anıydı. Artık geriye dönüş yoktu. Liebmann, kaybedilmiş bir şey uğruna mücadele verdiğini biliyordu, ama bir bildiği daha vardı, içinde bastırılmış duygular adına tutuşmuş ne varsa dile getirilmeliydi. Bugün olmazsa, yarındı. Üstelik öğrencilerin fısıldaşmaları ve kıkır kıkır gülmeleri onu tahrik ediyordu. Duru ve kararlı bir sesle, "Yalan söylemedim, tekrarlayamam," dedi.

"Yani tekrarlamayı *istemiyorsunuz, öyle mi?*"

"Hayır, istemiyorum, çünkü yaptığınız asılsız bir gevezelikti."

Bu sözlerle sınıfa yıldırım düşmüş gibi oldu. Tartışmayı merakla izlemiş olan yüzlerdeki mutlu gülümseme ansızın donup kalmıştı. Bu fırtınalı ortamdan etki gücü büyük bir trajedinin doğacağını herkes hissediyordu şimdi. İçlerinde en sakin olanı Liebmann'dı. İstediği sonucu zorla da olsa elde etmişti. Olan olmuştu işte.

Hiç beklemediği karşılığı alınca şaşkına dönen öğretmen kendini çabuk toparladı. Hızla Liebmann'a yaklaştı, soluk soluğa ve öfkeden titreyen bir sesle, "Siz küstahın tekisiniz..." dedi.

"Sizsiniz küstah!"

Bu söz, öğretmenin cümlesini ansızın yarıda kesmişti. Ardından boğuşmalardaki gibi bir karışıklık, bir itişme meydana geldi. İlkönce kimin el kaldırdığını kimse anlamamıştı, ama iki taraf da ister istemez vahşiliğe dönüşen çılgınca bir öfkeye kapılmıştı. Her şey yalnızca bir saniye sürdü, ardından Liebmann kininden aldığı olanca güçle öğretmeni öyle bir itti ki, adam geriye doğru sendeledi. Bütün öğrenciler korkunç bir heyecanla ayağa fırlamış, sınıfı kulakları sağır eden bir gürültü kaplamıştı. Öğrenciler olaya müdahale bile edemeden Liebmann askıdan şapkasını koparırcasına aldı, sınıftan dışarı fırladı ve ardından kapıyı şiddetle çarptı; çıkmalı, hedefsiz, plansız dışarı çıkmalıydı yeter ki...

Bir saat boyunca şaşkın şaşkın dolandıktan sonra bir karar verebilecek kadar kendine gelebilmişti. Her şeyi düşünmüştü; binlerce renkli fotoğraf gözünün önünde canlanmış, gençliğini, geleceğini, annesini ve babasını görmüştü; bu fotoğrafların her biri, ona kılavuz olup eylemlerini değiştirmişti ve bu kılavuz şimdi yön veren eliyle en sondaki karanlık patikayı işaret ediyordu. Liebmann adımlarını farkında olmadan hızlandırdı, sonra koşmaya başladı. Küçük umutlar ve muğlak varsayımlar yıldırım hızıyla hâlâ gözünün önünde beliriyordu; ama o durmuyor, koştukça koşuyordu. Arabaların gümbürtüsünden, yolun gürültüsünden, dikkatsizce ve her şeyden bihaber yanından geçip giden insanların mırıltılarından ve de kendi telaşlı adımlarından kulakları uğulduyordu. Sanki zihnindeki bütün düşünceleri uyuşturmak istercesine gitgide daha hızlı koşuyordu ve beyninin tamamı tek bir cümleyi mırıldanıyordu: Daha hızlı, daha hızlı... Her şey bu sözcüklerin ritminde çınlıyor ve karmakarışık çağlayan bir gürültüde birleşiyordu ve Liebmann bu gürültüden donmuş, hissizleşmişti. Böylece köprüye ulaştı. Orada bir dakika kadar durdu; yapacağı şeyden korktuğundan değil, titreyen kollarında kendini korkuluklardan kaldırıp atacak gücü bulamadığı için durmuştu. Mahvolmuş yaşamı bir kez daha gözünün önüne geldi ve bedeni bu anının yarattığı ani darbeyle sarsıldı. Tek sıçrayışla parmaklıkları aştı ve yıldırım hızıyla bulanık akıntıya karıştı...